UM FILHO PARA DUAS FAMÍLIAS

W de Campos

Os desígnios divinos das pessoas não são previsíveis e não mostram uma relação lógica de valor e efeitos ou entre causas e consequências.

Assim como as forças da natureza não podem ser controladas, as do destino suplantam vontades e desejos, traçando caminhos e encontros inimagináveis nas vidas das pessoas.

Esta é a história de duas famílias que foram profundamente afetadas pelo desenrolar de fatos, sem quaisquer interdependências, cujos resultados jamais poderiam ser previstos por quem quer que seja.

Capítulo 1. Tenea

"Marihéstia teve um horrível pressentimento e retornou rapidamente ao quarto dos seus filhos. Acendeu a luz e, afobada, foi desviando dos objetos no chão até a cama do seu caçula, onde retirou o cobertor e lá estava a razão do alerta de seu instinto materno: travesseiros e almofadas."

Na madrugada de sábado, 20 de junho de 1953, um dia bastante frio, na pequena cidade de Tenea[1], situada a meio caminho entre Ipiranga e Prudentópolis, no Estado do Paraná, como fazia religiosamente todo santo dia, Marihéstia Oliveira Rossi, com cerca de quarenta anos, acordou bem antes do despertador tocar.

Começava mais um dia de intensa labuta, dividindo-se, ou melhor, multiplicando-se entre o trabalho, os cuidados do lar, o marido e os filhos, em especial seu caçula, o sapeca do Carlinhos. Ela, embora nunca tivesse pensado nisso, fazia jus ao nome que seus pais lhe atribuíram, uma combinação de Maria, a mãe de Jesus, com o de Héstia, deusa da mitologia grega do lar e do fogo sagrado.

Abriu vagarosamente os olhos e deixou-se ficar admirando o homem ao seu lado. Mais uma noite em que se entregaram às volúpias do amor infinito, sem

---

[1] Nome fictício. Tenea é o nome de uma cidade mítica da Grécia antiga

inibições, restrições ou senões. Nos braços um do outro, era como se recuperassem das ausências no dia a dia, fortalecessem seus corpos e almas e sonhassem o futuro de suas vidas.

Ela era uma mulher realizada, feliz e amada! Um sorriso aflorou-lhe os lábios e o brilho dos seus olhos verdes, como a mata molhada, parecia iluminar o quarto ainda escuro.

Olhou para o companheiro ao seu lado e lembrou-se do dia em que, com cerca de oito anos, passeava pela Praça da Matriz, quando o viu jogando futebol com seus amigos. Apontou-o e disse ao seu pai, sem que ele desse qualquer importância, que iria se casar com ele.

Procurando não fazer barulho, levantou-se vagarosamente da cama e buscou com os pés os seus chinelos novos, que havia recentemente adquirido na sapataria do Josafá. Sentiu-os macios e confortáveis, bem diferentes do antigo que lhe incomodava bastante.

- Que bom que agora sobra o suficiente para gastar comigo mesma. Que Deus nunca mais permita o retorno dos tempos de penúria. (Pensou.)

Sem fazer ruídos, desligou o despertador de forma que seu marido pudesse dormir até mais tarde naquela manhã. O primeiro e único namorado e definitivo amor de sua vida precisava de um descanso extra.

Ele estava fisicamente exausto, depois de uma semana de viagem pelo estado, comprando algodão para uma empresa exportadora do Porto de Santos. O resultado, extremamente positivo, juntamente com as saudades um do outro, foi ardorosamente comemorado na cama.

A expectativa da polpuda comissão a ser recebida e, possivelmente, de um bônus de produtividade ao final do ano fazia-o se sentir realizado como provedor da família e mais confiante na realização dos seus sonhos; situação bem diversa de algum tempo atrás.

A economia da cidade, majoritariamente baseada na cultura do café, esteve ameaçada pela infestação da praga broca-do-café[2], que atingiu severamente quase toda a região. Entretanto, a maioria dos cafezais foi integralmente preservada, graças à providência divina e à corajosa e altruísta iniciativa dos proprietários das primeiras plantações afetadas de queimarem de imediato seus pés de café.

Embora as atividades do sítio da família, dedicado à produção de leite, não tivessem sido ameaçadas pela praga, ela e o marido sentiam-se pesarosos e tentavam ajudar, como podiam, os necessitados.

Nos primeiros momentos, os agricultores que tiveram suas plantações preservadas mostraram imensa gratidão àqueles que os salvaram da bancarrota e se comprometeram publicamente a ajudá-los a reconstruir suas propriedades. Não obstante, com o passar dos dias, foram se fazendo de ouvidos moucos, esquecendo de suas promessas e deixando as famílias afetadas à sua própria sorte.

---

[2] *Hypothenemus hampei.*

A única ajuda, se é que se pode chamar assim, foram propostas irrisórias de compra das terras devastadas pelo fogo. Uns, desesperados pela ameaça da fome, aceitaram as ofertas e foram em busca de emprego em outras localidades. Outros, em que a revolta suplantava a necessidade, decidiram ficar e fazer o que fosse preciso para a sobrevivência da família.

- Amor, as coisas vão de mal a pior no campo e na cidade. Se nada for feito para ajudar os agricultores que perderam tudo, temo que poderemos viver um longo período de tristeza, frustração e até de loucuras. Será que poderíamos contribuir de alguma forma? (Lembrou das palavras de seu marido, com semblante pesaroso, na noite anterior.)

- O diabo tira, Deus dá. Segunda-feira, poderíamos nos reunir com o Prefeito para saber o que pode ser feito para apoiar os necessitados, especialmente os idosos e as crianças. Agora, tente dormir um pouco. (Ela respondeu.)

Ela tinha consciência de que, se a labuta não começasse bem cedo, certamente não seria completada ao final do dia. Havia muito trabalho a ser feito na casa e no Escritório de Contabilidade, o único da cidade, que ela assumira assim que seu pai falecera; aliás, bem antes, ela já era encarregada de todos os serviços.

Para muitos, especialmente a legião de invejosos, ela recebeu o escritório de mão beijada, mas ela sabia bem que não foi dessa forma, e isso é o que lhe importava.

Não tinha certeza, mas aparentemente era a única mulher a exercer a função de Contadora Responsável em todo o Estado. Embora já trabalhasse na atividade desde os seus quatorze anos e atendesse todos os requerimentos para o exercício legal da profissão, teve que penar para conquistar a confiança e manter a fidelidade dos clientes.

Por ser mulher, alguns duvidavam que ela teria condições de prestar o mesmo nível de serviço a que estavam acostumados; outros aproveitavam sua situação de eventual fragilidade para obter descontos no valor dos serviços, ameaçando levar suas contas para as cidades vizinhas. Entretanto, não contavam com sua firmeza de caráter e competência.

Sem dar margem a eventuais insinuações ou tentativas de tratamento mais íntimo, ou seja, mantendo uma postura impessoal e de elegância estritamente profissional, visitou cada um de seus clientes. Demonstrando inequívoca competência técnica, fez apresentações detalhadas das suas situações contábeis e fiscais, inclusive oferecendo sugestões para abatimentos de impostos.

Começou a peregrinação com seu maior cliente, José Neves, proprietário da empresa de laticínios Esmeralda. Logo após a apresentação e a resolução das dúvidas, surpreendeu-o:

- Agradeceria se o senhor pudesse assinar as duas vias do contrato de prestação de serviços, cujas bases são as mesmas de sempre.

- Por que isso? Eu nunca tive que assinar nada com seu pai. Éramos amigos e tínhamos uma relação de absoluta confiança mútua.

- Sim, é verdade. Ele era seu amigo de coração e alma e sempre se orgulhou disso. Mas, como estou começando uma nova fase e assumindo responsabilidades que nunca imaginei, prefiro manter nossa relação em um nível estritamente profissional. É o melhor para ambas as partes. Dentre outras cláusulas, o contrato explicita os deveres de cada um e sua validade é por um ano fiscal. Isso lhe possibilita transferir sua conta para outro contador, caso não esteja satisfeito com o serviço prestado, sem qualquer multa ou prejuízo administrativo.

Depois de ler o contrato silenciosamente e refletir por algum tempo, olhando fixamente para Marihéstia, que permanecia impassível, ele assinou o contrato, e se cumprimentaram.

- Menina, é impressionante como você se parece com seu pai, tanto nas feições como na atitude. No céu, que é onde ele merece estar, ele certamente está muito orgulhoso de você. Deus a abençoe.

Ela manteve a postura até chegar em casa, mas, ao cruzar a soleira da porta, seu corpo passou a tremer incontrolavelmente e ela começou a rir e chorar ao mesmo tempo. Foi amparada pelos braços fortes de seu marido.

- Querida, o que foi que aconteceu? O José Neves a maltratou?

- Eu consegui! Eu consegui! (Repetiu várias vezes a mesma frase, enquanto se beijavam apaixonadamente.)

Os demais clientes não apresentaram quaisquer dificuldades e, ao final do séquito, todos os contratos estavam assinados.

Foi uma grande vitória pessoal. Entretanto, sendo Tenea uma cidade muito pequena, a procura por serviços contábeis não era expressiva. Além disso, ela buscava manter os preços em níveis atrativos em relação aos dos escritórios das cidades vizinhas, de forma a desestimular qualquer migração de seus clientes.

Seu orgulho e ética profissionais não lhe permitiam quaisquer falhas ou atrasos na prestação dos serviços contábeis. Ainda, por ser mulher em uma profissão tradicionalmente dominada por homens, tinha consciência de que a menor irregularidade que cometesse teria uma enorme repercussão negativa, ameaçando sua própria sobrevivência profissional. Isso lhe demandava um excesso de horas de dedicação ao seus afazeres.

Marihéstia trabalhava sozinha no escritório, sendo esporadicamente apoiada por seu marido na atualização dos Livros de Registro, dependendo do tempo livre que ele tinha após o serviço de compra de algodão e a faina no sítio da família. Naquele final de semana, ela precisava preparar as ordens de pagamento dos impostos estaduais de alguns clientes, cuja antecedência de entrega prevista no contrato venceria em cinco dias, mas sentia a necessidade de disponibilizar os documentos logo na segunda-feira.

Ela contava apenas com a ajuda de Arlinda, uma moça sem instrução, que se dividia entre o trabalho de doméstica, no qual demandava constante supervisão, e de atendente temporária no escritório, nas ocasiões em que Marihéstia precisava se afastar. Neste último afã, a atividade de Arlinda resumia-se a telefonar ou ir chamar a patroa caso algum cliente aparecesse.

Marihéstia precisava urgentemente de um auxiliar capacitado para ajudá-la e, eventualmente, substituí-la nos serviços técnicos de contabilidade. Até então, ela evitava essa contratação, não apenas pelos custos, mas porque, em segredo, reservava a vaga para seu marido, caso ele não lograsse sucesso na compra de algodão. Graças a Deus, agora ela poderia fazer a contratação sem qualquer outra preocupação.

Seu pensamento fixou-se em seu irmão José Alberto, o Beto, que estava deprimido e extremamente triste pelo fracasso de seu sonho de viver da agricultura. Ele havia abandonado uma promissora carreira de Engenheiro Civil e investido todas as suas economias na aquisição e modernização da Fazenda Santa Cecília. A propriedade tornara-se um modelo de organização e gestão da produção de laranja (uma novidade na região) e ele se sentia orgulhoso disso. Entretanto, os resultados financeiros não justificaram os altos investimentos. Sem outra opção, ele arrumou um emprego em uma empresa no Estado de São Paulo e vendeu a fazenda, ou melhor, o seu grande sonho, pela melhor oferta que conseguiu.

- Interessante como a vida é: o Beto deixou a fazenda triste e arrasado, enquanto sua mulher, que detestava a vida no campo, festejava a "volta à civilização". Lembrou-se do contraste das expressões faciais entre seu irmão e sua cunhada, quando vieram se despedir, às vésperas da viagem para São Paulo.

Instintivamente, passou a mão pelo abdômen e tentou sentir algum sinal que comprovasse o seu pressentimento de que uma nova vida já se desenvolvia em seu corpo.

- Meu Deus, não acha que eu estou um pouco velha demais para ter outro filho? Não o planejei, pois estava feliz e também muito ocupada com os meus três meninos, mas se for de Sua vontade, o bebê será amado da mesma forma que os outros. Neste caso, Senhor, gostaria que me presenteasse com uma menina. (Rezou silenciosamente.)

Começou a caminhar devagar e nas pontas dos pés para fora do quarto, mas o ranger do assoalho a denunciou.

- Querida, aonde você vai tão cedo? (Questionou Rodrigo, ou melhor, Drigo, como ela o chamava, tentando puxá-la de volta para a cama.)

- Oi, amor, durma mais um pouco que só vou dar uma olhada na casa e já volto. O despertador vai tocar no horário de sempre. (Mentiu para que ele pudesse dormir um pouco mais naquela manhã, sem preocupação com o horário.)

Vestiu seu roupão e o fechou bem para se proteger do frio e, antes de se dirigir à cozinha para os preparativos do café da manhã, iniciou sua ronda de rotina.

Caminhou até a sala de estar. Olhou pela janela e ficou satisfeita ao constatar que não havia qualquer sinal de arrombamento no prédio do escritório, que ficava bem ao lado, porém, sem ligação física direta. De longe, tudo parecia normal. Inclusive, no que pôde observar, os alertas de segurança estavam intactos. Isso a deixou aliviada. Lembrou da simplicidade e efetividade das medidas de segurança implantadas por seu marido: sistemas de roldanas que, acionadas, faziam bater latas, tocar sinos, esparramar tinta nos invasores, etc. Um gênio, ela pensou.

No interior da sala, não pôde deixar de notar com tristeza as marcas no chão de tacos de madeira deixadas por duas de suas mais apreciadas relíquias: a linda cristaleira de cristal art déco francesa, com um antigo jogo de chá de porcelana chinesa, e o seu velho piano Bosendorfer, uma raridade, herança de seus avós. Ambos foram vendidos para custear o tratamento de sua mãe, em uma clínica especializada na cidade de

Ponta Grossa. Lembrou-se do dia em que vieram buscar o piano e do quanto chorou ao vê-lo sendo levado para o caminhão de mudanças.

- Querida, não fique triste, os negócios vão melhorar e logo vamos poder comprar outro piano para você. (Disse-lhe Drigo, tentando consolá-la, embora ele próprio não acreditasse que isso pudesse acontecer em curto prazo.)

Naquele dia, sem dizer uma palavra sequer e com as lágrimas correndo pelo rosto, guardou as partituras de suas composições em uma caixa fechada a chave. A partir daí, procurou não pensar mais no assunto, porém, essa lacuna nunca saía de sua cabeça. Tinha saudade de voltar a tocar piano, mas resistia a isso com o pensamento de que a perda serviu a um bem maior.

- Vão-se os anéis, ficam-se os dedos. Quem sabe, se as coisas continuarem caminhando bem, poderemos comprar um piano, mais barato do que o anterior, mas que me permita meus momentos de lazer? (Disse em voz baixa e procurou pensar nas tarefas do dia.)

Entrou no quarto vazio de sua mãe e fixou os olhos na cama desocupada, desde que falecera há menos de um ano, depois de sofrer por longo tempo de Alzheimer em estágio avançado. Sua memória passeou rapidamente pelo passado e reviveu momentos de extrema felicidade com ela.

- Perdoe-me Deus, mas ela não merecia tal castigo. Não é justo! (Chorou e rezou ao mesmo tempo.)

Por uma fração de segundo, passou-lhe pela mente, sem que pudesse controlar, que a morte de sua mãe ajudou a restaurar as finanças da família. Recriminou-se de pronto.

- Cruz credo! Meu Deus! Perdão, mãezinha, não sei por que pensei nisso? (Rezou três Ave-Marias de joelhos ao pé da cama.)

Novamente, percebeu que o amor traz responsabilidades e que lhe coube cuidar dela até o fim. Ninguém mais poderia fazer isso com tanto afeto, pois sabia-se a mais amada dentre seus irmãos.
O Beto às vezes, quando podia, enviava alguma ajuda financeira, mas suas duas outras irmãs, nem isso. Moravam em outros estados e só o que faziam era ligar de vez em quando para saber a situação da mãe. Elas eram somente donas de casa e dependiam financeiramente dos maridos para sua sobrevivência. O mundo estava mudando e elas, a despeito dos alertas dos pais, não aceitaram se preparar para disputar seus espaços na sociedade machista.

Marihéstia entendia e lamentava a situação delas, mas não se abalava nem maldizia a carga que Deus lhe dera, mesmo quando se tornou mais difícil a partir do dia em que sua mãe deixou de reconhecê-la, devido ao estado avançado do Mal de Alzheimer. Foi então que ela e seu marido decidiram interná-la em uma clínica especializada, em Ponta Grossa, pois mantê-la em casa tornou-se totalmente impraticável e até inseguro.

No quarto dos seus três filhos, viu as camas desocupadas dos dois mais velhos e sentiu o vazio na alma pela saudade deles. A momentânea consternação foi logo sobrepujada pela certeza de que estavam bem e cumpriam uma etapa importante para as suas vidas no futuro. Estudavam em Curitiba, morando na mesma pensão.

Gustavo, o mais velho, já estava cursando o terceiro ano da Faculdade de Medicina, para a qual, ainda com dezessete anos incompletos, fora aprovado em primeiro lugar no vestibular. O outro, Marcelo, também um excelente aluno, cursava o primeiro ano da Faculdade de Engenharia Mecânica. Fora convidado para jogar futebol profissionalmente, uma de suas paixões, mas preferiu priorizar os estudos, para alívio dos pais.

- Esses meninos só nos dão alegria. Fazem valer a pena o nosso sacrifício. (Disse baixinho para si mesma.)

Na penumbra do quarto, com receio de tropeçar nas tralhas que se espalhavam por todos os lados, observou de longe o caçula, um temporão, Carlinhos, nos seus dez anos de idade, e o mais levado dentre todos. Estava quietinho, na última cama ao lado da janela, com a cabeça coberta pelo cobertor. Enviou-lhe um beijo de amor eterno.

Vaidosa, sabia-se esbelta e elegante, a despeito de seu antes limitado guarda-roupa, o qual era mantido com muito cuidado e sempre ajustado e modernizado por ela mesma. Lembrou-se com contentamento do elogio em voz alta que recebera de uma de suas cunhadas que há muito não via, na última reunião das famílias: "Mesmo com três filhos, sempre a mais bela e refinada da cidade. Qual o seu segredo, querida?"

Ao mesmo tempo, sorriu ao ouvir a fofoca feita às suas costas por sua concunhada Dirce: "por fora, bela viola; por dentro, pão bolorento". Há muito tempo que Dirce não escondia mais a inveja que sentia de sua felicidade e espalhava seus venenos aos quatro cantos. Já havia pensado em confrontá-la, mas, a pedido de seu marido, que não queria atritos com seu irmão, a quem admirava muito, nada fez.

- Coitada! Uma pobre de espírito.

Ao entrar na cozinha, refletiu sobre o apoio incondicional que seu marido lhe dera na decisão de proporcionar o melhor tratamento possível à sua mãe. Embora juntos tivessem uma das maiores rendas da pequena cidade, viviam uma vida espartana, sem luxos, carros, viagens de férias, jantares em restaurantes, roupas da moda, etc. O custo da clínica em Ponta Grossa era exorbitante, e a maior parte do que sobrava era direcionada ao futuro de seus filhos.

Ambos não cansavam de reafirmar um ao outro, e a si mesmos, quão acertada e feliz fora a decisão de priorizar a educação dos filhos sobre seus desejos e até necessidades pessoais. E como eles os recompensavam regiamente com maravilhosos desempenhos escolares, transmitindo-lhes a expectativa de que seus futuros seriam brilhantes.

Praticamente, não precisavam incentivar ou orientar nenhum deles nos estudos ou nos deveres: eram todos muito responsáveis.

Bem, quase todos. Carlinhos era um bom menino, alegre e muito carinhoso com ela, não perdia a oportunidade de lhe oferecer uma flor ou uma fruta, e de abraçá-la e beijá-la: um amor de filho. Entretanto, tinha espírito independente, demonstrava uma insistente irresponsabilidade com estudos e deveres, e só fazia o que queria. A maioria de seus atos eram coisas de moleque e besteiras, sem pensar nas consequências. Dormindo ou acordado, era um sonhador, e seu sono era tão agitado que muitas vezes despertava molhado de suor.

Além do comportamento errático, o que mais a preocupava era o fato de ele acreditar que podia falar com gatos, cachorros, cavalos, etc. Diversas vezes ela e o seu marido o questionaram e tentaram trazê-lo à razão, sem sucesso. Ele realmente acreditava nisso e buscava provar que se comunicava de verdade com os bichos, demonstrando trocas de ideias com algum animal nas proximidades.

Certa vez, disse que a mula "Mimosa" do sítio, que empacara e se recusava a prosseguir puxando a carroça, lhe dissera que o colar do arreio a estava machucando. Depois de muito insistir, um empregado foi verificar os ajustes do atrelo e constatou que uma pequena haste de metal havia se soltado e penetrado no pescoço do animal, que já sangrava bastante. A revelação, por absurda e ilógica que era, foi considerada como uma coincidência ou uma fantasia do Carlinhos, que, certamente, havia observado o sangramento antes dos demais.

Como ele insistia em afirmar sua estranha capacidade e se recusava a aceitar a realidade, chegando a chorar de desapontamento quando insistiam, concordaram em parar de pressioná-lo, contanto que ele prometesse não comentar o assunto com ninguém mais, nem mesmo com sua avó.

- O Carlinhos é uma criança mimada e precisa de acompanhamento constante para poder seguir no bom caminho, e isso não me parece uma tarefa fácil, mas eu e o Drigo podemos e vamos fazer. Entretanto, se a história de falar com animais não passar com o tempo, vamos precisar de cuidados médicos especializados.

Recordou da última reclamação do professor Narciso. O Carlinhos entrou na sala de aula com "óculos" feitos de arame, obviamente sem lentes, e sentou-se na última carteira. Quando o professor retirou os seus "óculos" e determinou que se sentasse à frente da sala, fez-se de cego e foi tropeçando em tudo que se interpunha no seu caminho. Seus colegas não paravam de rir e ele, mais uma vez, foi retirado da sala de aula. Ela e o Drigo o repreenderam severamente e o puseram de castigo, mas não resistiram ao riso solto quando a sós.

Lembrou-se, também com desgosto, da frustração e tristeza de Carlinhos por não terem podido presenteá-lo com uma bicicleta no Natal do ano anterior. Seus irmãos mais velhos receberam as suas na mesma idade, mas os preços de produtos importados estavam demasiadamente caros. Prometeram que o fariam no final deste ano e, graças a Deus, a situação havia melhorado e já haviam encomendado uma Raleigh inglesa a um importador do Porto de Santos, por um preço bem camarada.

- Coitado! Acho que a decepção piorou muito seu comportamento: há alguns dias ele anda cabisbaixo e com o pensamento distante. Vi que tem feito anotações em um pequeno caderno, possivelmente um diário. Se eu pudesse acessar o conteúdo, talvez isso me ajudasse a entender melhor o que passa na sua cabecinha. Como isso não seria ético, o que posso fazer para confortá-lo? (Refletiu com os olhos marejados.)

Acendeu a luz da cozinha e não ouviu o "Amiguinho" (um cachorro vira-latas que Carlinhos trouxera da rua quando ainda filhote, e que se tornara seu companheiro inseparável) arranhar a porta dos fundos da casa. Sob protestos do filho, ele dormia em um quartinho no quintal, em uma cama feita para ele e protegido do vento e da chuva. Sempre que ouvia algum ruído na cozinha ou a luz era acesa, buscava "permissão" para entrar na casa e ir acordar Carlinhos. Curiosa, abriu a porta e nem sinal do animal.

- Carlinhos... Carlinhos... Alguma coisa está errada. (Marihéstia teve um horrível pressentimento e retornou rapidamente ao quarto dos filhos. Acendeu a luz e, afobada, foi desviando dos objetos no chão até a cama do caçula, onde retirou o cobertor e encontrou a razão do alerta de seu instinto materno: travesseiros e almofadas.)

Capítulo 2. São Paulo

> *"Quando chegaram ao picadeiro, sentiram o gelo do pavor correr por suas veias. Lá estava Belinho, na plataforma de quatro metros, segurando o trapézio com uma das mãos."*

No início da tarde do dia 19 de junho de 1953, sexta-feira, um dia antes da fuga de Carlinhos, em uma luxuosa suíte no Hotel Pão de Açúcar, no centro da cidade de São Paulo, Darius e Alina Nicolichi Ron permaneciam em silêncio, deitados lado a lado na enorme cama de casal, um segurando a mão do outro. Desde o acidente, eles não tiveram sequer um momento de intimidade. A cada tentativa do marido de fazer amor, ela se mantinha fria e rígida como mármore ou simplesmente se afastava.

As recentes cenas de horror, sofrimento e morte de seu único filho, Abel, de apenas dez anos de idade, não saíam de suas mentes e corações.

O acidente havia ocorrido há cerca de um mês, na cidade de Londrina, durante a instalação do Circo Magicus, o maior dos três de propriedade do pai de Alina. Na parada para o almoço, ela notou a ausência de Belinho, que era sempre o primeiro a chegar e se sentar na cadeira ao seu lado. Depois de gritar por ele várias vezes, sem resposta, ela e o marido saíram à sua procura, seguidos por todos.

Veio logo à sua mente a insistência de Belinho para iniciar os treinamentos de trapezista, repetidamente respondida com a afirmação de que ele ainda era muito novo e que deveria esperar um ou dois anos mais. Aborrecido com a negativa, ele procurava seu pai e lhe pedia a mesma coisa, recebendo a mesma resposta. Alguns dias depois, inconformado, retornava ao assunto, apresentando novos argumentos: "Comi bastante carne, fiz exercícios físicos com os acrobatas, estou muito forte..."

Quando chegaram ao picadeiro, sentiram o gelo do pânico correr por suas veias. Lá estava Belinho na plataforma de quatro metros, ainda sem a rede de proteção, segurando o trapézio com uma das mãos.

- Pai, mãe, olhem o que sei fazer... (Gritou ele, tentando segurar o trapézio com as duas mãos e saltar.)

Antes que pudessem dizer ou fazer alguma coisa, o amor de suas vidas despencou, com um grito de terror.

- Não, não, não... Meu Deus... (Foi só o que Alina, paralisada pelo horror da cena, conseguiu dizer.)

Possivelmente, graças à iniciativa de um dos acrobatas de saltar para ampará-lo, o impacto no chão foi reduzido um pouco, dando esperança de que pudesse sobreviver, já que, embora desacordado, continuava respirando.

Foi imediatamente atendido no Hospital Municipal e diagnosticado com várias fraturas, sendo crítica a sofrida na cabeça, que afetava seriamente o cérebro. Não havendo na cidade qualquer clínica habilitada para tratar de danos cerebrais, o diretor os orientou a levar o pequeno paciente a um dos hospitais de referência em neurocirurgia, indicando Curitiba e São Paulo.

Por acaso, passava por Londrina uma aeronave do Correio Aéreo Nacional, com um médico na tripulação, cujo comandante, sensibilizado com a situação do menino, concordou, de imediato, em levá-lo com seus pais para São Paulo, especificamente para o Aeroporto de Congonhas.

Lá chegando, uma ambulância da Força Aérea os conduziu de imediato para o Hospital das Clínicas, onde uma equipe de neurocirurgiões esperava o Belinho. Após a operação, que durou mais de dez horas, o cirurgião-chefe conversou com os pais do menino.

- Senhor Darius e senhora Alina, o procedimento cirúrgico em si foi bem-sucedido. Fizemos tudo que podíamos fazer, empregando todos os meios e conhecimentos de que dispomos, entretanto, não temos como fazer um prognóstico. Os danos no cérebro do seu filho foram extremamente graves e a sua recuperação vai depender da capacidade de reação de seu organismo. Ele está inconsciente e deve ser mantido nessa condição por alguns dias.

- Doutor, posso ver meu filho? (Respondeu Alina, com voz embargada e olhos vermelhos de tanto chorar.)

- Sinto muito, ele está em coma induzido e precisa permanecer em um ambiente completamente esterilizado, recebendo a medicação prescrita e com acompanhamento médico permanente. Assim que tivermos uma ideia melhor da evolução do seu quadro clínico, lhes informaremos.

Uma semana depois, o casal foi liberado para estar com o filho no quarto de tratamento intensivo, mas o momento tão ansiado foi o clímax da desesperança.

- Lamento informar que não há mais nada que possamos fazer no campo da medicina para salvar o Abel. Agora, sua vida está nas mãos de Deus (Disse-lhes um dos médicos, com voz fúnebre.)

Durante dois dias, chorando e se lamentando o tempo todo, Alina e Darius não desgrudaram do filho, segurando suas mãos, beijando e falando com ele sobre todos os assuntos de seu interesse, até seu último suspiro.

O cerimonial fúnebre, carregado de emoções que se alternavam entre revolta contra os desígnios de Deus, sentimento de culpa e a profunda tristeza da perda, foi realizado em uma ala do Cemitério da Consolação, informalmente reservada aos ciganos. Dentre os presentes, todos vestidos com os tradicionais trajes de luto, estavam os inconsoláveis avós. Valdo e Alta insistiram para que ela e o marido voltassem com eles para Londrina, mas ela recusou de forma enfática: "Preciso pensar na vida..."

- Querida, eu sei que é e sempre nos será penoso suportar a terrível perda que sofremos, mas temos que nos conformar com os desígnios de Deus e reagir. A vida continua, meu bem, e precisamos vivê-la da melhor maneira possível. (Falou Darius, quebrando o silêncio e tentando consolar sua esposa, evitando mencionar que as consequências do doloroso e complexo trabalho de parto, que resultou na necessidade de uma cesariana de emergência, lamentavelmente também a incapacitaram de engravidar novamente.)

- Eu não tenho vontade nem razão para viver. Nada me resta sem o meu filho. (Rebateu Alina, com profunda mágoa e tristeza.)

- Querida, também estou sofrendo muito, mas não podemos esquecer que temos um ao outro e seus pais, que a amam infinitamente e que estão padecendo com a perda do neto. Eles não sobreviveriam a mais uma desgraça. Seria muito egoísmo e maldade sua querer que sua mãe e seu pai passem, também, pela mesma dor que sente. Além disso, o nosso amor é eterno e eu não conseguiria viver sem você ao meu lado; se morrer, morro em seguida.

Antes que ela pudesse responder, ele acrescentou.

- Tenho fé que Santa Sara de Kali[3] vai nos recompensar e nos dar novos motivos para viver. Acredite em mim e me dê a chance de lhe provar que ainda podemos ser felizes. Pelo amor de Deus, não me abandone. (Completou, chorando compulsivamente e a abraçando e beijando com um misto de paixão e ansiedade.)

- Amor, como Santa Sara vai me recompensar? Sei bem que não posso ter outro filho. Ouvi tudo que o médico lhe dizia, enquanto fingia dormir, logo após o parto. Até agora, nada mencionei sobre isso porque estava feliz demais com a chegada do meu lindo Belinho e ele satisfazia todos os meus sonhos de mãe.

- Desculpe... Não queria lhe aborrecer... Santa Sara vai encontrar um jeito; temos que ter fé. (Gaguejou o surpreso e preocupado marido, beijando-a ternamente.)

Em seguida, dominada pelos fortes barbitúricos que tomava, a despeito da recomendação médica em contrário, Alina cerrou os olhos e dormiu.

Darius, que, embora sofrendo a dor infinita da perda, resistia a se entregar ao desespero e ainda via a vida ao lado de sua amada como uma bênção divina, sentou-se em uma poltrona e fechou os olhos.

---

[3] Padroeira dos ciganos.

Sua mente voou para a festa em homenagem à Santa Sara de Kali, nas cercanias da cidade de Uberlândia, no Estado de Minas Gerais, em 24 de maio de 1939. Lá estavam quase todas as famílias ciganas do Brasil e a festa durou três dias seguidos, com muita alegria, músicas, danças e comida a fartar.

Logo no início das festividades, acompanhou seus pais, Bóris e Amapola Ron, na visita ao sítio de acampamento de seus amigos, Valdo e Alta Nicolichi. Enquanto os velhos amigos comemoravam com genuína alegria o reencontro, Darius não tirava os olhos de uma linda jovem de cabelos longos e negros que, juntamente com outras duas, dançava no tablado, extravasando sensualidade ao acompanhar o intenso ritmo baladi[4]. Por outro lado, ela parecia ignorar sua presença.

Ao ser apresentado aos anfitriões, com seu pai exaltando suas qualidades de bom filho e enfatizando que havia concluído em primeiro lugar a Faculdade de Administração da Fundação Getúlio Vargas, no Rio de Janeiro, ele enrubesceu a tal ponto que mal conseguiu agradecer os cumprimentos recebidos. Seu constrangimento piorou muito quando os Nicolichi apresentaram sua filha única, Alina, a mesma de quem ele não tirara os olhos enquanto ela dançava.

- Optcha[5], Alina, querida, a linda criança tornou-se uma jovem maravilhosa. (Amapola a

---

[4] Ritmo oriundo do Egito, com danças e movimentos com as mãos, segurando lenços, flores e outros objetos.
[5] Cumprimento tradicional cigano, salve.

cumprimentou, enquanto ela e o marido a abraçavam e beijavam na face.)

- Optcha, tio e tia. Obrigada. Lembro bem de vocês e dos doces que me traziam sempre que nos encontrávamos. Este deve ser o Darius, que vivia implicando comigo? (Alina estendeu-lhe a mão direita e ele demorou um tempo para se recompor e retribuir o gesto.)

Daí em diante, pelos mistérios somente explicáveis pelos santos casamenteiros, os dois viviam se encontrando durante os três dias de festa. Aonde um ia, o outro já estava ou chegaria lá. Após os primeiros momentos de mútuo acanhamento, soltaram-se e conversaram animadamente sobre tudo, cantaram e dançaram juntos. Os dois pareciam esquecidos do mundo e, com suas atitudes, ignoravam e afastavam naturalmente potenciais pretendentes.

Passados seis meses de trocas constantes de cartas e visitas frequentes de Darius ao Circo Magicus, ele a pediu em casamento, e ela aceitou com o coração explodindo de alegria. No entanto, quando oficializou o pedido aos pais de Alina, estes manifestaram imensa alegria, porém, impuseram uma condição.

- Darius, eu e a Alta ficaríamos muito felizes em tê-lo como genro. Entretanto, estamos ficando velhos e Alina é nossa única filha e herdeira. Não gostaríamos que ela morasse longe de nós e agradeceríamos se entendesse nosso anseio. Assim, se concordar em me ajudar na gestão dos circos, a festa começa agora mesmo.

De repente, revivendo as emoções do casamento e toda a felicidade que a companhia de Alina lhe trouxe, Darius abriu os olhos e disse para si mesmo:

- Levarei comigo até o túmulo a infinita tristeza da trágica morte de nosso único filho. Não obstante, não posso e não vou aceitar, pacificamente, perder também a mulher que amo. Farei o que for preciso para fazê-la retornar o gosto pela vida; e isso começa agora.

Deu um salto da poltrona, coletou todos os comprimidos barbitúricos nos pertences de Alina, jogou-os no vaso sanitário e acionou a descarga. Saiu do hotel e foi buscar o carro novo que havia adquirido alguns dias antes, como um presente para sua esposa, na tentativa frustrada de animá-la um pouco. O veículo, um luxuoso Chevrolet Belair, de cor preta e com o teto branco, fabricado em 1952, ficara lá para a revisão inicial e providências de emplacamento.

Enquanto aguardava que Alina acordasse, pagou a conta, comprou café e um lanche, separou as vestimentas dela para a viagem, arrumou as malas e as colocou no bagageiro do carro.

Assim que sua esposa começou a acordar, não perdeu tempo e, de forma carinhosa como sempre, mas incisiva, sem deixar margens para discussões, disse:

- Querida, precisamos ir para casa agora mesmo. Levante, tome um banho, coma o lanche que está na mesa e se apronte. Vamos viajar em seguida. (Disse, enquanto, gentilmente, a conduzia ao banheiro.)

Mesmo com Alina fazendo corpo mole, reclamando de tudo, especialmente sobre onde estariam seus comprimidos mágicos, Darius conseguiu acomodá-la no banco traseiro do carro e iniciar a viagem até Guarapuava, no Paraná, onde se encontrava o Magicus. A cada parada, forçava-a a comer alguma coisa e a beber bastante água e café puro.

O pernoite foi na cidade de Itapeva, ainda no estado de São Paulo e nas proximidades da divisa com o Paraná, em um pequeno, mas confortável hotel. As constantes reclamações de Alina, pedindo para que lhe devolvesse seus comprimidos barbitúricos, ora ofendendo-o, ora lamentando sua vida, ora tentando sair pela cidade em busca de uma farmácia, fizeram com que Darius só conseguisse dormir já com o dia clareando, quando sua esposa, exausta de tanto discutir, caiu no sono. Mesmo assim, por precaução, amarrou um cordão na sua perna direita e na perna esquerda dela.

Já passava das onze horas da manhã quando Darius foi acordado de surpresa com um beijo da sua esposa, segurando o pedaço de cordão nas mãos e vestida com o traje de luto.

- O quê? Não me diga que foi à farmácia?

- Não, meu amor, sinto-me muito fraca para isso. Acordei mais cedo, desatei este cordão ridículo que me prendeu e passei a refletir sobre a nossa vida. Chorei e rezei muito para Santa Sara e sinto que ela me ouviu. Além disso, pensei bem e acho que você tem razão em tudo que me disse.

- Que bom, querida. Você não imagina o peso que está tirando do meu coração. (Com a esperança renovada, abraçou e beijou sua esposa com ternura.)

- Fique tranquilo, tentei acordá-lo mais cedo, mas você estava em sono pesado, então decidi ir tomar o café da manhã, antes que passasse da hora. Trouxe frutas e um sanduíche de salame para você.

Capítulo 3. Cadê o Carlinhos?

"Mãe e pai, só vou salvar o Herói e já volto."

- Drigo, Drigo... Acorde pelo amor de Deus! O Carlinhos sumiu. (Gritou Marihéstia afobada.)
- O quê? O que houve? Quem sumiu? (Respondeu, esfregando os olhos.)
- O Carlinhos não está na sua cama e o Amiguinho também sumiu. Estou apavorada.
- O que será que esse menino está aprontando agora? Ele vai pagar caro por mais essa molecagem; eu prometo. (Resmungou, mas, com visível preocupação no semblante, levantou-se da cama.)

Vestiu-se rapidamente e saiu de casa à procura do filho, priorizando todos os lugares que o menino gostava de ir e perguntando por ele aos poucos com quem cruzava.

Depois de quase uma hora de busca, inclusive nas residências dos melhores amigos do Carlinhos, onde, mesmo constrangido, acordou os moradores, regressou frustrado para casa, mas com a esperança de que seu filho já estivesse de volta.

De longe, avistou sua esposa acenando para ele com um papel na mão e sentiu ruir sua esperança.

- Drigo, encontrei este bilhete no meio da roupa de cama do Carlinhos, mas não entendi nada: "Mãe e pai, só vou salvar o Herói e já volto". Amor, você sabe alguma coisa desse tal de Herói?

Depois de passar alguns minutos refletindo sobre onde havia ouvido falar de Herói, ele deu um grito.

- O cavalo...

- Cavalo? Que cavalo, Drigo?

- O Sereno! O cavalo de raça do seu irmão, Beto. Quando ele negociou a Fazenda Santa Cecília e veio se despedir da gente, antes de viajar para São Paulo, disse que, além da terra e das benfeitorias, havia vendido tudo mais que havia lá, exceto o Sereno. Sabe, é aquele bonito cavalo branco, puro-sangue inglês, que seu irmão gostava de cavalgar e se exibir para os visitantes. (Respirou fundo e prosseguiu.)

- Aquele que ele não deixava ninguém mais montar, inclusive eu, que, desavisado, certa vez pedi para dar uma volta. Lembro que ele teve o descaramento de negar, alegando que poderia atrapalhar a andadura do animal. Fiquei com tanta raiva que demorei meses para voltar a falar com ele, só o fazendo por sua insistência.

- Sim, e daí?

- Ele me pediu para levar o cavalo para o nosso sítio e ficar com ele, pois o novo dono o poria para puxar carroça e arados, e isso seria o mesmo que a morte para um puro-sangue inglês com cerca de vinte anos de idade e acostumado a tratamento especial. Tive vontade de responder que não ousaria atrapalhar a andadura do nobre animal, mas me contive em respeito à frustração e à tristeza que demonstrava. Simplesmente recusei a oferta, alegando que não teria instalações nem condições financeiras para cuidar adequadamente do animal no sítio, o que é verdade. Sem contar que seria inútil para os serviços da roça; ou seja, só traria custos.

- Sim, sim, e daí?

- E daí que, com uma enorme tristeza espelhada em sua face, seu irmão respondeu que iria tentar oferecer o cavalo para outros fazendeiros da região. Entretanto, caso não conseguisse alguém que garantisse cuidar adequadamente do Sereno, ele não teria outra opção senão mandar sacrificar o animal, antes do novo proprietário assumir a fazenda. Disse que não poderia suportar a ideia de saber da morte lenta e dolorosa de seu cavalo querido. Fiquei muito comovido e estive a ponto de aceitar a incumbência, mas a razão me fez resistir a tal.

- Mas o que o Carlinhos tem a ver com isso?

- Ele ouviu toda a conversa escondido debaixo da mesa, como sempre faz, e, assim que seu irmão saiu de casa, alegou que o Sereno era seu amigo e insistiu muito para que eu aceitasse o pedido do tio. À minha terminante recusa, quis saber o que queria dizer "sacrificar o animal". Quando eu lhe expliquei, ele implorou para que eu salvasse a vida do seu cavalo "Herói". Não entendi bem o que ele queria dizer com "Herói" e apenas respondi que sentia muito, mas que o problema era do seu tio, não meu. O animal era dele e a ele cabia a responsabilidade pelo seu destino. Para tentar consolá-lo, prometi que, assim que pudesse, eu lhe daria um potro, mas ele não quis saber de nada, começou a chorar compulsivamente e a dizer coisas ininteligíveis, como "o Herói não pode morrer", "o Fantasma vai salvá-lo" ...

- Você acha ...?

- Por diversas vezes ele me pediu a mesma coisa e tenho o pressentimento de que o moleque está tentando ir à fazenda do seu irmão salvar o cavalo, levando-o para o sítio. Só não acredito que ele consiga chegar lá, é muito longe para fazer o percurso a pé, cerca de vinte quilômetros. Não vamos nos preocupar, daqui a pouco ele volta.

- Você parece que não conhece o Carlinhos. Ele sempre dá um jeito de fazer as coisas que quer. Por favor, pegue a caminhonete e vá atrás dele.

- Querida, mas ...

- Não tem o que discutir. Vá buscar o meu filho. Ele pode estar em perigo. (Enfatizou, interrompendo a fala de seu marido, sem esconder sua preocupação.)

Quando se tratava dos filhos, Rodrigo sabia que não valia a pena discutir com ela; além disso, ele também estava muito preocupado com o Carlinhos e sua costumeira rebeldia. Por isso, simplesmente aquiesceu e seguiu para a garagem. Ao tentar dar partida na sua velha e desgastada Chevrolet Van 3100 de 1947, como vivia acontecendo, o motor não pegou. Tentou o que pôde com seus conhecimentos de mecânica, mas não conseguiu fazê-lo funcionar. Sem outra opção, saiu em busca de um mecânico.

Estando a oficina mecânica da cidade fechada, por ser final de semana, o único mecânico que concordou em atendê-lo com urgência foi o Paulinho, amigo de infância do Gustavo, que, mesmo assim, demorou mais de uma hora para aparecer em sua casa. A sua cara de sono e as profundas olheiras refletiam a ressaca da bebedeira da noite anterior.

- Senhor Rodrigo, vou ter que limpar as velas e regular o carburador. Espero que funcione, mas vai demorar um pouco para fazer tudo isso.

- Um pouco, quanto?

- Depende das condições do carburador e das velas. Se for só a limpeza mesmo, o serviço deve demorar mais ou menos uma hora.

Como não havia tomado o café da manhã e sua barriga roncava, foi até a cozinha comer alguma coisa e se preparar para um dia daqueles. Aproveitou para trazer uma caneca de café quente e uma fatia de bolo de fubá para ajudar o Paulinho a se manter desperto e focado no trabalho.

Não tendo nada mais a fazer senão esperar e torcer para que o sonolento mecânico não piorasse ainda mais as condições do motor, sentou-se em um banco ao lado da caminhonete para vigiar o seu trabalho. Passou a imaginar de que forma o Carlinhos poderia ir até a fazenda do seu cunhado a vinte quilômetros da cidade.

Depois de algum tempo pensando, disse em voz alta para si mesmo.

- O caminhão do leite! Só pode ter sido de carona no caminhão do leite.

Olhou no relógio. Eram oito horas da manhã e concluiu que, àquela hora, o João Pedro, o motorista, já poderia estar de volta e, sem responder à curiosidade do Paulinho, seguiu às pressas para o laticínio.

- João Pedro, João Pedro ... (Esbaforido, Rodrigo tentava perguntar a ele sobre o seu filho, quando foi interrompido.)

- Sr. Rodrigo, bom dia. Se quer saber de seu filho mais novo, acabei de ligar para sua casa e informar sua esposa. O danadinho se escondeu na carroceria e só descobri que estava lá quando parei na porteira da Fazenda Santa Cecília e ele saiu correndo com seu cachorro. Não pude fazer nada!

- Meu Deus! Esse menino ainda vai me matar do coração.

- Tem mais, na semana passada, dizendo ser a seu pedido, ele me trouxe um bilhete do Dr. Alberto para entregar ao Tinho, o capataz da fazenda.

- Você saberia dizer o que estava escrito no bilhete?

- Como o Tinho não sabe ler direito e não enxerga bem de perto, eu o li para ele. Dizia para não sacrificar o Sereno, que, em breve, um dos seus sobrinhos iria buscar o cavalo.

- Meu Deus, como ele pretende fazer isso? (Questionou a si mesmo, agradeceu a ajuda do João Pedro e, tão rápido como fora, retornou para casa.)

Ele e a Marihéstia, embora preocupados com o que ainda poderia acontecer, sentiram um alívio por saber que seu filho estava bem.

- Tenho certeza de que o velho Tinho não vai entregar o cavalo a ele. Então, assim que a caminhonete ficar pronta, vou buscar o moleque e, desta vez, ele não escapa de uma boa surra. (Prometeu, com a concordância de sua esposa, ainda muito aflita.)

Carlinhos, desde que ouviu o oferecimento do seu tio para seu pai e a recusa deste em receber o Sereno, sabia que precisava fazer alguma coisa para salvá-lo. Além de ser seu amigo e companheiro de muitas aventuras, era o cavalo que sempre quis para si. Certa vez, na presença de sua mãe, seu tio disse que lhe daria o Sereno de presente, se um dia decidisse se desfazer dele; promessa que certamente esquecera.

Quando em visita à Fazenda Santa Cecília, levava escondido um torrão de açúcar ou outras guloseimas para o cavalo. No estábulo, ele, o Amiguinho e o Sereno passavam horas conversando sobre sonhos e aventuras.

Sempre que fora das vistas de todos, os três assumiam os personagens do "Fantasma Que Anda". Ele, o Fantasma, colocava sua máscara, feita por sua mãe seguindo o modelo do gibi "O Fantasma", o Amiguinho assumia o papel de Capeto e o cavalo o do Herói. Sem saírem do estábulo, o Fantasma colocava um cabresto no Herói, pois o animal odiava o uso do bridão que machucava sua boca, subia em um banco e o montava por alguns instantes.

- Somos uma turma de heróis e não podemos deixar que nada de ruim aconteça com qualquer um de nós, não é, Amiguinho? (Carlinhos repetia para si mesmo e para seu cachorro.)

Buscou por várias vezes convencer seu pai a aceitar o Sereno, chegando a prometer desistir da bicicleta prometida, em troca da vida do cavalo, mas ele já havia decidido a questão. Respondia sempre da mesma forma.

- Filho, sinto muito. Não temos condições de cuidar do cavalo no sítio, além disso, ele não tem qualquer serventia para nós; só custos. Não adianta insistir.

- Pai, se o Herói, quer dizer, o Sereno fosse seu e estivesse no sítio, você teria coragem de matá-lo a sangue frio?

- É claro que não, mas o cavalo não é meu e não está sob meus cuidados no sítio. Repito pela última vez: o problema é do seu tio Beto; ele que resolva. Pare de me aborrecer com esse assunto.

Buscou socorro com sua mãe, mas ela, como sempre, correndo do escritório para casa e vice-versa e preocupada com alguma coisa, não pôde lhe dar a atenção que precisava.

- Filho, Rodrigo é quem sabe dos assuntos do sítio. Fale com ele. (Respondia e seguia seu caminho, sem parar para pensar no que se tratava.)

Como último recurso, arriscou uma visita à sua avó, Andreanna, mãe de seu pai, que quase sempre atendia seus desejos, mas ela, mulher criada no campo e conhecedora dos problemas do sítio do seu filho, também não lhe ofereceu qualquer alento.

Deixou a casa dela frustrado, mas não sem antes desfrutar do macarrão mais delicioso do mundo, que só sua avó sabia fazer, usando receita que trouxera da Itália, cortado à mão em tiras muito finas. Uma delícia.

À mesa, nos momentos de descuido de sua avó, dividia a guloseima com o Amiguinho, sempre aos seus pés e sem fazer qualquer ruído. Se ela visse isso, expulsaria os dois da cozinha.

Após se despedir, abraçar e beijar carinhosamente sua avó, o que sempre a emocionava muito, saiu correndo pelo quintal. A meio caminho do portão, não resistiu à tentação e apanhou uma manga verde para comer com sal, coisa que adorava.

- Obrigado, vó! (Gritou, sem olhar para trás.)

- Seu capetinha, não coma isso. Faz mal para a saúde. Quando voltar aqui, eu puxo a sua orelha. (Andreanna gritou de volta, sem conseguir conter o riso.)

- Bem, Amiguinho, nós dois vamos ter que salvar o Sereno sem a ajuda de ninguém. Vai ser difícil, mas acho que podemos conseguir. Concorda? (Consultou o seu cachorro, que respondeu com um latido, interpretado por ele como um "sim".)

A partir daí, Carlinhos se concentrou totalmente na preparação de sua nova aventura. Quase não falava com ninguém e elaborou em segredo um plano de ação que julgava infalível. Anotava todos os detalhes em um pequeno caderno e os revisava constantemente.

- Amiguinho, se o Sereno já estivesse no sítio, tenho certeza de que meu pai e minha mãe jamais o sacrificariam. Assim, só o que precisamos fazer é levá-lo para lá. Não tem como dar errado.

Ao perceber uma expressão de dúvida no seu cão, acrescentou:

- Não tenha medo, vai dar tudo certo. Apenas temos que manter segredo e seguir o nosso plano. Não conte nada para ninguém.

Naquela noite, excitado com a perspectiva da aventura e sem conseguir pegar no sono por um instante sequer, pulou a janela do quarto por volta das quatro horas da madrugada, vestido com um casaco de frio, calça comprida, boina de lã, botina com sola de borracha.

Carregava um cobertor velho e um bornal, no qual, no dia anterior, escondera uma garrafa d'água e quatro pães franceses recheados com fatias de salame, dois para ele e dois para o seu cachorro, e vários biscoitos doces para o Sereno. Ah! Levava também a sua máscara de "Fantasma que Anda". Sem fazer qualquer ruído, ele e o seu inseparável cão seguiram o plano traçado.

Protegidos pela intensa cerração que cobria a cidade, correram para a empresa de laticínios e, depois de se certificarem de que o vigia não estava olhando, esconderam-se entre os latões vazios na carroceria do caminhão, carregados no dia anterior. Cobriram-se com o cobertor e permaneceram imóveis e abraçados para se protegerem do frio.

No horário previsto, o motorista, João Pedro, chegou e deu partida no caminhão, que, devido à baixa temperatura na madrugada, demorou a pegar. Assim que o motor aqueceu o suficiente, o motorista gritou alguma coisa para o vigia e dirigiu vagarosamente para fora da cidade.

Ele havia acompanhado uma visita de seu tio ao laticínio e ouviu que a Fazenda Santa Cecília era a terceira parada de troca de latões vazios por cheios de leite e que a do sítio, a sexta.

A viagem foi bem desgastante, pois a cada aceleração, freada, curva apertada ou buraco na estrada, os bujões, mesmo amarrados, se deslocavam de um lado a outro e os atingiam. Para se defender, Carlinhos estendia os pés para aparar os choques e, com uma das mãos, se segurava na carroceria e, com a outra, mantinha firmemente o Amiguinho junto ao seu corpo. Além disso, os solavancos faziam com que batesse as costas e as nádegas no piso duro, chegando a machucá-lo.

À porteira da Fazenda Santa Cecília, assim que o caminhão parou, embora doloridos e cansados, ele e o cachorro saltaram imediatamente da carroceria e, sem olharem para trás, correram em direção à sede. Surpresos com a presença dos dois passageiros clandestinos, João Pedro e um dos funcionários da fazenda que fora lhe entregar uma encomenda só puderam gritar para que voltassem.

- Muito obrigado pela carona, Sr. João Pedro. (Carlinhos gritou de volta, sem parar de correr.)

No caminho, antes de confrontar o capataz Tinho, os dois deram uma parada para recobrar o fôlego e rever as suas anotações.

- Amiguinho, a presença daquele outro homem na chegada do caminhão não estava prevista e pode complicar tudo. Precisamos rever as nossas anotações. (Depois de uma breve discussão, concordaram com pequenos ajustes no planejamento e seguiram adiante.)

Como esperado, foram recebidos com muita desconfiança pelo capataz.

- Menino, o Rodrigo sabe que você está aqui? Não vai me dizer que pretende levar sozinho o cavalo até o seu sítio?

- É claro que sabe, senhor Tinho. Não recebeu o bilhete do meu tio?

- Sim, mas não pensei que seria você. O cavalo é muito arisco e ninguém, a não ser o seu tio, jamais o montou. Seria muito perigoso para uma criança.

- Não, não... O senhor entendeu errado. Não sou eu quem vai montar o cavalo. Será o meu irmão Gustavo, que está vindo com meu pai na caminhonete. Eu só vim na frente de carona no caminhão do leite para ir acalmando o cavalo. Daqui a pouco eles estarão aqui. (Respondeu e prosseguiu.)

- Papai achou que o senhor poderia ficar em dúvida, por isso lhe enviou uma carta de autorização. (Entregou-lhe um envelope, já sabendo que ele não conseguiria ler. Na verdade, a letra era realmente de seu pai, mas tratava-se apenas de um bilhete dele para sua mãe, sem qualquer conotação com o assunto que conversavam.)

Embora ainda relutante em deixar o menino próximo do cavalo, o Tinho fingiu que leu a carta, guardou-a no bolso, balbuciou algo ininteligível e liderou a caminhada até o estábulo. O capataz tinha a esperança de que a reação sempre agressiva do animal desencorajasse o menino, mas aconteceu exatamente o contrário. Ao ver o menino e o cachorro, seus companheiros de infindáveis conversas, o fogoso puro-sangue mostrou-se dócil e submisso.

- Será que o senhor poderia ir arreando o cavalo para poderem sair o mais rápido possível?

- Carlinhos, eu e o Rodrigo somos amigos há muitos anos, jogamos futebol juntos e o conheço muito bem. Não acho que ele viria aqui e sairia sem um dedo de prosa e tomar o café da Maria. (Respondeu o capataz, com muita desconfiança da presença daquela criança na fazenda.)

- Mas, seu Tinho, vai atrasar a saída daqui e meu pai vai ficar bravo comigo.

- Não se preocupe, não vai atrasar nem um minuto. Assim que a caminhonete apontar na porteira, eu encilho o Sereno rapidamente. Enquanto esperamos, você não quer ir até em casa tomar um copo de limonada e comer um pouco do biscoito de polvilho que você adora? Estão fresquinhos, a Maria acabou de assá-los.

- Não, obrigado. Vou aproveitar para conversar com o Herói, quer dizer, com o Sereno.

Surpreso e desconfiado com a resposta, pois o Carlinhos era doido pelos biscoitos que sua mulher fazia e nunca perdera a oportunidade de encher os bolsos com eles.

- Você é quem sabe. Vou ficar por perto. Se precisar de alguma coisa é só chamar. Não se aproxime muito do cavalo, ele é meio chucro e perigoso.

Carlinhos o viu deixar o estábulo, afastar-se alguns metros e se sentar em um banco de madeira banhado pelo sol, bem à porta do estábulo. Preparava-se para se recostar e possivelmente tirar uma soneca, quando foi abordado pelo funcionário que havia recebido o João Pedro e ajudado na troca dos bujões. Após uma curta conversa, a reação do Tinho de balançar a cabeça negativamente e olhar ameaçadoramente na sua direção o deixou apavorado.

Para piorar as coisas, viu que o portão da baia do cavalo estava fechado com corrente e cadeado.

- Meu Deus! Meu pai deve chegar logo e não vamos conseguir salvar o Sereno. (Resmungou em voz alta, sentou-se no chão recostado na parede de madeira e começou a chorar convulsivamente, com as mãos no rosto para abafar os soluços.)

- O que houve? Por que está chorando? (Questionaram quase ao mesmo tempo o cavalo e o cachorro, preocupados com o amigo.)

- Porque não vamos conseguir sair daqui. O senhor Tinho está guardando a saída e o portão da baia está fechado com cadeado.

- Ué! A gente pode sair pela outra porta? (Disse o cavalo).

- Que porta?

- Lá nos fundos, depois daquele monte de feno. Ontem à noite dois homens estranhos entraram por ali e levaram embora sacos e alguns arreios. Tentaram abrir o meu portão, mas desistiram depois que passei a relinchar e dar coices no ar.

Após se certificar rapidamente de que realmente havia uma passagem fora das vistas do capataz.

- É, dá para passar por lá, mas não tenho a chave para abrir o cadeado.

- Se está falando daquela coisa que eles usam para destrancar o portão, ela fica guardada no fundo da gaveta de escovas. (Apontou com a cabeça para o loca.)

- Que bom: temos que sair daqui o mais rápido possível.

- Para onde? (Questionou o cavalo).
- Para o nosso sítio. A gente precisa ir logo, enquanto meu pai não chega.

- Vão vocês, eu não quero sair daqui. Sempre fui bem tratado, a comida é boa, o trabalho é leve e ainda sou escovado todos os dias.

- Sim, nós sabemos disso, mas as coisas mudaram. Se ficar aqui, será colocado para puxar arado e carroça ou será sacrificado. No sítio, você não teria um tratamento tão bom, mas permaneceria vivo. Entendeu?

- Deus me livre de puxar carroça ou arado, não nasci para isso. Você tem certeza de que o meu dono vai fazer isso comigo?

- Com muita tristeza, o meu tio teve que vender a fazenda e se mudar para uma cidade distante. Se pudesse, certamente, ele o levaria junto, mas não havia como acomodá-lo em uma cidade grande. A Santa Cecília foi vendida com tudo que está dentro, exceto você. O meu tio sabia que se ficasse na fazenda, o novo dono o poria para puxar carroça e arado e você teria uma morte lenta e sofrida. Por isso, tentou lhe dar de presente para alguém que se comprometesse a cuidar de você como merece, mas não encontrou ninguém.

- Sim, e daí? (Replicou o cavalo em tom de preocupação.)

- Daí que, com muita pena da morte sofrida que você teria, pediu ao seu Tinho para lhe sacrificar.

- O que quer dizer "sacrificar"?

- Matá-lo.

- Tem certeza disso?

- Claro que sim. Por que você acha que eu e o Amiguinho fugimos de casa para salvá-lo?

- Oh céus! Vamos logo sair daqui.

Capítulo 4. Destinos Cruzados

"... as luzes dos faróis altos e os ruídos do motor e da buzina do carro que se aproximava rapidamente apavoraram o Herói ..."

Carlinhos colocou sua máscara de "Fantasma que Anda". A partir daquele momento, eles compunham os três personagens das estórias de aventuras: ele era o "Fantasma", o cachorro, o "Capeto", e o Sereno, o "Herói".

O Fantasma pediu para o Capeto ficar de olho no Tinho e avisar se ele viesse na direção deles, enquanto separava o equipamento para encilhar o cavalo. O cachorro respondeu com um ronco e deitou-se em um lugar onde podia avistar o capataz, fingindo estar dormindo.

Ao tentar colocar a sela, percebeu que era muito pequeno e não alcançava o dorso do Herói e desistiu. Separou, então, um pelego de pele de ovelha e um bridão.

- Fantasma, não quero que coloque isso na minha boca; sempre me machuca. Basta usar aquele outro (apontou com a cabeça para o cabresto) e amarrar uma corda. (Pediu o cavalo, sendo imediatamente atendido pelo menino, com um pedido de desculpas.)

- Capeto, Capeto, psiu. Não olhe para trás, apenas escute. Eu vou sair devagarinho com o Herói pela porta traseira e você permanece onde está. Quando o Tinho se levantar ou ouvir o meu assobio, você sai correndo ao nosso encontro, entendeu?

Após deixarem o estábulo, a dupla seguiu, em absoluto silêncio, em direção oposta à estrada de chegada à fazenda, na busca de um caminho alternativo e mais curto para o sítio, que o Carlinhos uma vez fizera de garupa com seu pai. Ele sabia que precisava evitar a estrada principal, pois seriam alcançados facilmente pela caminhonete.

Deram uma grande volta para não serem vistos da sede da fazenda, passando por uma área barrenta onde o Fantasma tropeçou várias vezes, perdeu uma das botinas e se sujou todo, até chegarem à porteira de passagem para a propriedade vizinha, na verdade, uma reserva florestal, justamente quando o Capeto os alcançou.

- Capeto, você viu se o meu pai já havia chegado na fazenda?

- Acho que não. Quando ouvi seu assobio e saí de lá, aquele homem ainda estava sentado no mesmo lugar.

- Melhor assim. Temos mais tempo para escapar.

Caminhou a pé por um bom tempo, até encontrar um tronco de árvore no qual subiu para montar o Herói, tendo apenas o pelego entre eles.

No local, havia três trilhas que seguiam mais ou menos na mesma direção e mais uma bem junto à cerca cuja entrada estava obstruída por uma intensa barreira de barbas de bode e outras plantas. Tinha a recordação de que deveria seguir por uma trilha bem próxima da cerca e não havia nenhuma à vista, e isso o deixou em dúvida. Puxou pela memória, mas não conseguiu qualquer indicação, por isso, imaginou-se equivocado e decidiu pedir ajuda ao Capeto.

- Você se recorda do caminho que fizemos aquela vez com meu pai? Tente se lembrar.

O Capeto assentiu com um grunhido e passou a farejar toda a extensão da cerca à última entrada de trilha, mas não identificou qualquer odor parecido com o de cavalos e de pessoas. Aparentemente, há muito tempo ninguém circulava por aquelas bandas.

- Fantasma, não consigo lembrar de ter passado por nenhuma dessas trilhas. E não consegui identificar qualquer rastro ou cheiro de pessoas e cavalos passando por aqui. Sinto muito.

- Capeto, não temos alternativa. Siga o seu instinto. Vá na frente, que nós lhe seguimos. Temos que sair logo daqui. Vai, Capeto. (O cachorro aquiesceu com dois latidos e seguiu pela primeira trilha, a mais próxima da cerca, na verdade, a segunda.)

- Capeto, você é muito esperto. Acho que é esse o mesmo caminho que vim e voltei. Daqui a pouco, vamos cruzar um riacho.

Depois de algum tempo, mesmo com medo de ser alcançado, mas já sentindo arder as nádegas pela baixa proteção que o pelego lhe proporcionava dos atritos com a pele do cavalo, Carlinhos, digo, o Fantasma, decidiu dar uma curta parada à beira de um riacho de águas cristalinas. Rapidamente, saciaram a sede, comeram parte das guloseimas do bornal e retornaram à jornada.

Com o passar do tempo, cavalgando na mesma toada, com as nádegas entumecidas pelo constante atrito, cansado e sonolento, o Fantasma passou a sofrer repetidos sobressaltos de consciência, que de alguma forma, conseguia se equilibrar. O Capeto, ao perceber o risco de queda do chefe e bastante cansado, sugeriu que parassem para descansar.

- Pelo tempo que estamos andando, falta pouco para chegarmos ao sítio. Só vamos parar quando estivermos lá.

De tempos em tempos, pela redução da pressão das pernas e nas rédeas, o Herói pressentia que o Fantasma estava caindo no sono, parava de andar e relinchava para despertá-lo. Várias vezes, o menino escorregou do dorso do animal, caindo sentado, porém, sem qualquer machucado mais sério. Mesmo assim, preocupado com a segurança do Herói, ele insistia em continuar a cavalgada.

Sem perceberem que haviam tomado o caminho errado e estavam se afastando mais e mais do sítio, o Sol já ia se pondo, quando inesperadamente chegaram a uma estrada de cascalho. Com o Fantasma praticamente um zumbi no dorso do animal, ameaçando cair a qualquer instante, e seus dois companheiros cansados, com sede e famintos, sem se darem conta do risco, a cruzaram em um trecho entre duas curvas apertadas para lados opostos.

Por uma coincidência do destino, Darius assustou-se ao completar a curva e avistar bem próximo o estranho trio no meio da estrada. Como já estava escurecendo e sendo uma curva fechada, reduziu bastante a velocidade. Graças a isso e por ser um carro novo, conseguiu frear a tempo e evitar por pouco a colisão que lhe parecia inevitável.

No meio da estrada, as luzes dos faróis altos e os ruídos do motor e da buzina do carro que se aproximava rapidamente assustaram o Herói, que, instintivamente, empinou, corcoveou e disparou em direção ao outro lado da estrada, jogando para longe o Fantasma. Este, sem qualquer capacidade de se prevenir ou de se segurar na montaria, despencou, bateu violentamente de cabeça no chão e lá permaneceu, sem se mexer.

Com o carro parado a poucos centímetros do menino, o Herói e o Capeto, ao verem o Fantasma imóvel e com uma grande mancha de sangue na sua máscara e escorrendo pelos cabelos, acercaram-se dele, falando ao mesmo tempo.

- Fantasma, acorde! Vamos, levante-se logo daí! O que está fazendo? Não é lugar nem hora para dormir! ... (Capeto começou a grunhir e lamber o rosto do menino, sem qualquer reação dele.)

Darius não pôde deixar de pensar que se ainda estivesse com o carro velho, certamente não conseguiria frear a tempo. Deu graças por isso. Sua preocupação instantânea dividia-se em evitar o atropelamento e impedir que sua esposa, que dormia no banco traseiro, fosse arremessada para frente. Com uma das mãos fora do volante, logrou segurá-la o suficiente para impedir que batesse a cabeça no banco da frente. Após certificar-se de que Alina estava bem, apressou-se em socorrer o menino, deixando o motor funcionando e os faróis ligados. Todavia, ao tentar se aproximar da criança, viu-se impedido pela postura protetora agressiva do cavalo e do cachorro.

- Eu sou médico e posso ajudar. (Mentiu, sem saber o porquê, para os dois animais, que permaneciam à sua frente.)

Alina, que acordara sobressaltada, ao perceber as tentativas frustradas de seu marido de socorrer a criança, não se conteve, deixou o carro gritando e abanando um cobertor, o que afastou os animais por alguns metros.

Já na companhia de sua esposa, ao perceber a gravidade da situação e com receio de vir a ser acusado pela polícia de ter provocado o acidente, Darius disse:

- Alina, o menino está muito mal e não há nada que possamos fazer. É melhor a gente sair daqui antes que apareça alguém. Se a polícia chegar, vão botar a culpa em mim, como sempre fazem com pessoas como nós. (Começou a caminhar em direção ao carro, mas ela o impediu.)

- Meu Deus! Ele parece demais com o nosso filho.

- Vamos embora, querida. Não é nosso problema.

- De jeito algum, Darius, vamos abandonar essa linda criança aqui, ferida e no meio do nada. Vamos colocá-la no carro e procurar um médico. (O marido pensou em rebater a ideia maluca de sua esposa, mas ela já estava tentando colocá-lo no colo.)

- Está bem! É uma loucura, mas deixe que eu faço isso.

Sob os olhares atentos dos desnorteados animais, Darius tomou o menino no colo e o levou para o carro. Posicionou-o no banco de trás e orientou sua esposa a pressionar levemente a ferida aberta no couro cabeludo com um pano limpo para tentar estancar o sangramento.

Alina, cuidadosamente, retirou a máscara da criança e acomodou sua cabeça em seu colo, não se importando com o sangue que manchava sua vestimenta tradicional. Ficou impressionada com a beleza e inocência do semblante do menino, ainda mais pela semelhança com o Belinho, inclusive na idade. Seus olhos se encheram de lágrimas ao imaginá-lo seu filho e soluçou.

- Alina, o que houve? Você está passando mal? Quer que eu pare o carro?

- Não, querido. Estou bem, acho. É que essa linda criança indefesa nos meus braços me fez lembrar do nosso Belinho. Parece tanto com ele. O que será que ele estava fazendo de noite, na estrada deserta e longe de tudo, usando uma máscara? Seus pais, se tiver, devem estar desesperados. (Questionou mais a si mesma do que ao seu marido.)

- Querida, isso agora não é importante. Já que você deseja ajudar a criança, precisamos, urgentemente, buscar atendimento médico. É possível que haja algum na cidade mais próxima que acabamos de passar ao largo. Acho que ela só pode ter vindo de lá, pois a próxima cidade fica longe demais para vir até aqui a cavalo. Vamos fazer o melhor que estiver ao nosso alcance. Só espero que ela consiga sobreviver, sem sequelas, e que não nos imputem a culpa pelo acidente. (Rebateu o homem, manobrando o carro e acelerando em direção oposta a que vinham, em busca da cidade, cujas luzes haviam avistado poucos quilômetros atrás.)

Embora exaustos e aturdidos com o imprevisto, os dois companheiros do Fantasma seguiram o carro, na esperança de que ele recobrasse a consciência e precisasse de ajuda. No início, acompanharam o veículo visualmente e depois, na escuridão iluminada apenas pelo brilho da lua, por meio do faro do Capeto.

Na cidade, na verdade, um vilarejo de nome Santo Antônio, havia apenas um posto de saúde, que contava com uma velha enfermeira e, de três em três meses, com um médico por um ou dois dias. Por sorte, naquela noite, um jovem recém-formado que fazia questão de ser chamado de Dr. Pedro Alcântara, encontrava-se de serviço. Era seu último turno de plantão naquela isolada localidade, pois fora aprovado no concurso para Residência Médica no Hospital das Clínicas de São Paulo, com início previsto em uma semana.

- Doutor, doutor... por favor, ajude esta criança. (Disse Alina em tom de súplica, o que causou espanto e constrangimento ao marido, que, não sabendo o que fazer, preferiu não dizer nada naquele momento.)

O médico e a enfermeira, embora espantados com a vestimenta de ciganos do casal, prontamente acolheram a criança e a levaram para o ambulatório.

- A senhora poderia identificar esta criança? (Darius aproveitou um momento em que a enfermeira parecia apenas observar o trabalho do médico e a questionou.)

- Não! Nunca vi este menino por aqui.

- Tem certeza?

- Moro aqui há mais de trinta anos e, nesse período, ajudei no parto de todas as mulheres de Santo Antônio, tanto no vilarejo como no campo. Ele com certeza não é daqui. (Reiterou a enfermeira já com certa irritação.)

Assim que o médico começou a examinar a criança e o casal foi retirado do consultório, iniciou-se uma tensa discussão, em voz baixa. O marido insistiu que deveriam partir imediatamente para Guarapuava, pois não eram responsáveis pelo acidente do menino e que já haviam cumprido o dever humanitário ao socorrê-lo. Ficar por perto só lhes traria problemas com a polícia.

- Alina, pense. Somos ciganos e, por isso, sempre os primeiros suspeitos de tudo de ruim que acontece. Se a polícia chegar, vamos acabar sendo presos...

Por outro lado, sua esposa, emocionada, argumentou que se sentia como mãe e que não poderia abandonar um filho até que tivesse certeza de que estaria bem. Ao ouvir tamanho disparate, ele não se conteve.

- Mulher, você está louca? Ele não é nosso filho. (Repreendeu-a de forma incisiva.)

- Não quero que ele seja tratado como indigente.

- Mas...

- Você não entende? Santa Sara o colocou no nosso caminho e temos que aceitar essa bênção e responsabilidade. Um menino tão bonito como o nosso, àquela hora, naquele lugar e sozinho, só pode ter sido a vontade divina de nos permitir salvar sua vida, já que falhamos com o nosso Belinho.

Darius a interrompeu com um sinal de mão, pela aproximação do médico.

Ao concluir o diagnóstico e constatar que o paciente precisava ser tratado urgentemente por um neurologista e de cuidados especializados que não dispunha no vilarejo, procurou o casal para que eles o ajudassem no transporte do paciente.

- O menino precisa ser levado urgentemente para um hospital de primeira linha. O posto médico não possui ambulância e o único veículo disponível é o de vocês. Assim, pergunto se poderiam continuar ajudando a salvar a sua vida, nos dando uma carona até Ponta Grossa?

Frente ao silêncio de Darius, que ponderava sobre a conveniência de continuar se envolvendo com o caso, Alina se antecipou.

- Sim, é claro que sim. Vamos logo, então.

Mesmo contrariado, Darius nada disse e ajudou o médico a acomodar-se com o paciente no banco traseiro do carro, com cuidado para não afetar a punção no braço, por onde ele iria recebendo a medicação de emergência.

Já com o veículo em movimento, o Dr. Pedro acrescentou:

- Pensando bem, os dois únicos hospitais no estado capacitados para cuidar de traumas na cabeça ficam em Curitiba. É longe, mas não adianta levá-lo a um hospital mais perto, que não conte com equipamentos e cirurgiões especialistas em neurologia. Poderíamos passar por Ponta Grossa e lá tentar conseguir uma ambulância para levá-lo a Curitiba, mas isso, além da incerteza, só iria nos atrasar. Como o tempo é um fator crucial em casos como este, proponho seguirmos direto para lá. Se concordarem, prometo tentar ressarci-los das despesas que tiverem.

- É claro que sim. Vamos direto a Curitiba e não precisa se preocupar com as despesas. (Respondeu Alina de imediato.)

Antes que o surpreendido e assustado marido pudesse dizer alguma coisa, ela lhe sussurrou:

- Querido, entenda, eu preciso fazer isso. Pelo amor que tem a mim, não diga nada.

- Senhor Darius, por favor, dê uma parada no próximo posto de gasolina. Preciso telefonar para alertar o Hospital das Clínicas da nossa chegada. Não é o melhor, mas o outro, o

Hospital Santo Agostinho, é privado e os custos do tratamento seriam muito altos.

- Doutor, vamos dar ao menino as melhores chances possíveis. Por favor, alerte o Hospital Santo Agostinho. (Contrapôs Alina de forma resoluta.)

- Querida, quem vai pagar as despesas? (Questionou seu marido, em tom de indignação, assim que o médico saiu do carro para telefonar.)

- Se a família da criança não aparecer, nós assumiremos os custos.

- Amor, no momento, não temos dinheiro suficiente.

- Se for preciso, vendemos o carro. Está no meu nome, não está?

Percebendo a irritação e nervosismo de Alina, Darius preferiu ficar calado.

Capítulo 5. A Busca

"A esperança de encontrarem rapidamente a criança já dava lugar à incerteza, quando a angústia tomou conta dos seus corações: uma grande mancha de sangue foi identificada sobre um manto de pedras pontiagudas."

Com o motor de sua caminhonete falhando de quando em quando, Rodrigo, com muito custo, convenceu o mecânico a acompanhá-lo na viagem. Sempre que rateava, Paulinho era acordado de seu sono profundo, abria o capô, fazia alguns ajustes e ele voltava a funcionar bem por algum tempo. Com isso, embora com toda a pressa do mundo, só lograram chegar à Fazenda Santa Cecília cerca de uma hora após a saída de seu filho.

Tinho, que continuava tirando a mesma soneca no banco à frente do portão do estábulo, despertou ao ouvir o barulho da caminhonete que se aproximava, acenou amigavelmente e adiantou-se para cumprimentar o visitante.

- Tinho, bom dia. O meu filho está aqui? Você não lhe deu o cavalo, certo?

- Bom dia, amigo. É claro que não entreguei o cavalo ao Carlinhos. Ele chegou com um bilhete seu, pedindo para encilhar o cavalo, que você e seu filho mais velho já estariam chegando, de forma a não atrasar a saída para o seu sítio. Não engoli nadinha da conversa dele e tive certeza de que alguma coisa estava errada quando lhe ofereci biscoitos de polvilho da Maria e ele não aceitou.

- Que bom! Obrigado. Cadê ele?
- No estábulo junto com o Sereno.
- Tem certeza, Tinho? Ele é danado para inventar coisas.
- Sim, tenho. A baia do cavalo está fechada com cadeado e a chave está escondida em um lugar que só eu sei onde, além disso, para sair do estábulo teriam que passar por mim.
- Bem, vamos logo para lá. (Rodrigo disse, já se encaminhando a passos largos para a entrada do estábulo.)

A cena deixou Tinho inicialmente surpreso e entorpecido e, logo após, em estado de apoplexia.

- Diabos, o que aconteceu aqui? Como ele abriu o cadeado? Eu vou matar quem ajudou o menino a fazer isso. (Correu para o esconderijo da chave e nada encontrou. Ela estava inserida no cadeado, pendurado no portão da baia.)

- Tinho, alguém mais sabia onde você escondia a chave?

- Não, juro que apenas eu sabia onde estava.

- Por acaso, alguma vez o Sereno viu você guardando a chave?

- Sim, mas...

- Esqueça isso, é bobagem minha. (Rodrigo, de imediato, se penitenciou por ter pensado na mera possibilidade de o cavalo ter revelado o local da chave.)

- Como eles puderam sair daqui sem que ninguém visse? Tenho certeza de que não passaram por mim, pois tenho sono muito leve e nem marca de casco de cavalo tem na entrada. (Tinho se questionou, já irritado consigo mesmo, pensando no que teria falhado.)

- O estábulo teria alguma outra porta?

- Só a principal, e é isso que está me intrigando.

- Bem, não custa nada dar uma vasculhada.

Não demorou muito para o próprio capataz encontrar a saída, por trás do monte de feno.

- Quem será que retirou essas tábuas da parede? (Perguntou a si mesmo, sem saber o que responder.)

- Não podemos perder tempo, vamos seguir os rastros. (Comandou Rodrigo, com um nó na garganta.)

As pegadas dos fugitivos os levaram até a porteira para a reserva florestal. Lá, de imediato, ele entendeu o plano de seu filho de seguir para o sítio pela trilha que percorrera uma vez, com ele na garupa. As marcas no chão confirmaram sua percepção, entretanto, sentiu uma ponta de dúvida se o caminho tomado por seu filho seria o correto, mas como não havia outra trilha mais perto da cerca, questionou o Tinho.

- Essa é mesmo a trilha que vai até o meu sítio?

- Nunca a usei, mas sei que é a primeira à esquerda, logo após a porteira.

- Você teria como me emprestar um cavalo para segui-lo pela trilha?

- Sim, como quiser. Sabe que sempre pode contar comigo, entretanto, acho que até a gente voltar, recolher o animal no pasto e colocar os arreios, o Carlinhos já deve ter chegado no sítio. Daqui até lá são mais ou menos uns seis quilômetros.

Convencido pelo argumento do Tinho, Rodrigo retornou rapidamente à sede da fazenda, acordou o Paulinho, que roncava no banco da van, e seguiram pela estrada na mesma toada de anda e para. Em trinta minutos, já no sítio, sem esconder sua revolta com o comportamento do filho, posicionou-se no melhor ponto de observação da chegada da trilha e aguardou.

- Juro que ele não vai escapar de uma boa surra. Tenho sido muito condescendente com suas traquinagens. Ele sozinho nos dá muito mais trabalho e preocupações que os outros dois juntos. Agora, ele ultrapassou todos os limites da minha paciência e não vou perdoá-lo do castigo, nem que a Marihéstia peça. (Repetia para si mesmo, mordendo os lábios e já com o cinto da calça nas mãos.)

Contudo, o tempo foi passando e nada do Carlinhos aparecer na trilha. Da raiva e revolta, seu sentimento passou a ser de preocupação.

- Meu Deus, cadê o meu filhinho. Não deixe que nada aconteça a ele, eu Lhe imploro. Será que ele se perdeu? Será que aconteceu alguma coisa e ele se feriu? Nossa Senhora, pelo amor de Deus, olhe por ele. (Passou a rezar em voz alta.)

Quando o Sol estava prestes a se pôr, ele não se conteve, pediu ao Paulinho para levar o carro até a Fazenda Santa Cecília e aguardá-lo lá. Selou um cavalo e seguiu pela trilha de encontro ao seu filho. Embrenhou-se na mata cerrada munido apenas de um facão, uma antiga lanterna, que, lamentavelmente, não dispunha de baterias sobressalentes, um lampião a querosene, um cantil de água, uma fina blusa de lã e um kit de primeiros socorros. No último momento, por precaução, colocou na cintura o seu revólver Smith &

Wesson calibre 32, que mantinha guardado na casa do sítio.

- Preciso estar preparado para o que der e vier e proteger o meu menino. (Pensou.)

À medida que progredia no terreno, sentia crescer a tensão e a angústia, rezando e chorando ao mesmo tempo. A cada obstáculo que tinha que ultrapassar, usando o facão para abrir caminho no mato que havia crescido sobre a trilha, sua aflição se potencializava.

No negrume da noite, com a já tênue luz da Lua bloqueada pelas copas das árvores, seguiu pelo caminho, o qual havia percorrido somente uma vez e de dia. Receoso de se perder ou sofrer algum acidente que o impedisse de salvar seu filho, seguiu de forma cautelosa, iluminando seus passos, no início com a lanterna, e, após as baterias se esgotarem, com o lampião. A necessidade de manter o lampião sempre na posição vertical gerava um esforço a mais, especialmente quando tinha que usar o facão para desobstruir a passagem.

Gritava seguidamente pelo Carlinhos, com apelos diferentes, à medida que o tempo passava, sem qualquer resposta.

- Carlinhos, meu filho. Se estiver ouvindo, responda pelo amor de Deus ... Sua mãe está chorando de preocupação ... Não vamos brigar com você, só queremos saber se está bem... Se não puder falar, mande o Amiguinho latir bem

forte ... O Sereno pode ficar no sítio, eu prometo
...

Finalmente, ao chegar à entrada da Fazenda Santa Cecília, teve uma alucinação ao avistar a luz de uma lanterna e dois vultos de pessoas, imaginando que alguém havia encontrado o seu filho, correu para abraçá-lo. Estancou a meio caminho ao perceber que se tratava tão somente do Tinho e do Paulinho, que, comovidos com o seu drama, o aguardavam para ajudá-lo no que fosse necessário.

Frustrado e física e emocionalmente exaurido, sentindo-se culpado por tudo, imaginando a angústia e sofrimento de sua amada esposa aguardando notícias sobre o seu filho caçula, deixou-se cair no chão, chorando convulsivamente.

Tinho logo percebeu que o Carlinhos seguira pela trilha errada, a qual ele e nenhum dos empregados da fazenda jamais haviam percorrido e sequer sabiam onde terminava. Pesarosos com o estado lastimável do Rodrigo, conversou em voz baixa com o Paulinho, o qual respondeu com um sinal de positivo com a cabeça, e, a seguir, interrompeu os lamentos do pai desesperado.

- Rodrigo, acho melhor eu e o Paulinho seguirmos pela outra trilha, enquanto você descansa um pouco na sede da fazenda. A Maria já arrumou um quarto e vai lhe servir um lanche.

- Obrigado, mas estou bem e vou atrás do meu filho. Ele pode estar precisando de mim e é minha a responsabilidade. (Respondeu, recompondo-se e enxugando o rosto.)

- Neste caso, vamos todos. (Disse um solidário Paulinho, com a aprovação do Tinho.

Como medida de precaução, montados em cavalos descansados da fazenda e munidos de lanternas com várias baterias de reserva, cantis e lanches, os três deram início à aventura noturna pela trilha desconhecida, cavalgando devagar e em fila indiana. Com vistas a evitar que um deles se perdesse na escuridão, os cavalos foram conectados por pedaços de corda amarrados no rabo do animal da frente e no pescoço do de trás. Por último, seguia o cavalo já cansado do Rodrigo, com seus arreios afrouxados, para servir de montaria para o menino quando fosse encontrado.

Mesmo no escuro, conseguiram identificar vários rastros e sinais da passagem dos três fugitivos, o menino, o cachorro e o cavalo, o que lhes deu esperança e os animou a prosseguir em frente, sem sequer pararem para descansar.

Os primeiros raios de sol anunciavam o dia, quando chegaram à estrada fatídica. A cruzaram com cuidado, mas a trilha não prosseguia do outro lado e não foram identificadas pegadas de qualquer tipo. Voltaram para a estrada e encontraram uma profusão de rastros, que iam e vinham, de sapatos, de animais e de pneus.

Com um pouco mais de luz do sol, acharam o pelego de pele de ovelha, imediatamente confirmado pelo Tinho como sendo da fazenda.

A esperança de encontrarem rapidamente a criança já dava lugar à incerteza, quando a angústia tomou conta dos seus corações: uma grande mancha de sangue tingia um manto de pedras pontiagudas.

- Meu Deus, proteja o meu filhinho. Não deixe que nada de mal aconteça com ele. (Rodrigo rezou baixinho, prevendo o pior.)

- Tinho e Paulinho, eu vou seguir os rastros da viatura que fez o retorno. Vocês já me ajudaram demais e devem estar muito cansados; por favor, voltem para a Santa Cecília. Muito obrigado por tudo. (Agradeceu, abraçando seus companheiros de viagem.)

- De jeito nenhum. Somos amigos e não vamos lhe abandonar, ainda mais nesta situação. (Contestaram Tinho e Paulinho, quase ao mesmo tempo.)

Depois de uma caminhada de mais de duas horas, encontraram o Amiguinho e o Sereno na entrada do vilarejo. Os dois animais, de cabeças baixas, permaneceram imóveis à aproximação dos três homens. Por meio de relinchos, latidos e gestos de cabeça pareciam querer lhes dizer alguma coisa. Rodrigo aproximou-se deles e os questionou, na esperança de que, por algum milagre, pudessem entender.

- Amiguinho e Sereno, pelo amor de Deus, o que aconteceu com o Carlinhos? Onde ele está? (Implorou baixinho em seus ouvidos.)

Para sua surpresa, os dois animais se agitaram e alternadamente indicaram os rastros do veículo que se dirigiam ao vilarejo e os que retornavam e seguiam pela estrada.

Espantado com a possibilidade de ter se comunicado de verdade com os dois animais, decidiu procurar pelo Carlinhos no vilarejo, no que foi acompanhado por todos. O Amiguinho seguiu na frente e conduziu o grupo até o posto médico, que se encontrava fechado. Depois de terem gratificado um garoto para ir chamar a enfermeira, ela apareceu quase uma hora depois, reclamando por não estar se sentindo bem.

- Senhores, bom dia! Estou com um pouco de febre e o médico foi embora ontem à noite. Não há muito que eu possa fazer, mas não custa tentar. Algum de vocês está machucado ou doente? (Cumprimentou-os com certa má vontade.)

- Por acaso, passou por aqui ou a senhora atendeu recentemente um menino de cerca de dez anos, o meu filho Carlinhos? (Perguntou Rodrigo, sem esconder sua ansiedade.)

- Bem, ontem à noite, um casal trouxe uma criança com um sério machucado na cabeça e desacordada. O médico, Dr. Pedro Alcântara, decidiu levá-la de imediato a um hospital com mais recursos.

- Poderia fazer o grande favor de descrever a criança? Cabelos, olhos, altura, roupas, idade e qualquer outra informação que tenha lhe chamado a atenção?

Ao constatar que a descrição da mulher se casava perfeitamente com as características do seu filho, seus sentimentos de esperança e angústia se misturaram em sua cabeça e coração:

- Para que hospital foram?

- Pelo que ouvi, foram para o hospital de Ponta Grossa. O médico apenas disse que era urgente e foi embora com o casal estranho, sem fazer qualquer anotação no livro de atendimentos.

- Casal estranho, como assim?

- Usavam roupas muito esquisitas e muitas joias. Nunca havia visto ninguém com aqueles trajes por aqui.

Desalentado e castigado pelo cansaço e pela tensão, Rodrigo sentiu-se atordoado e só não caiu pela rápida intervenção da enfermeira, que o acomodou em uma cadeira. Após lhe servir um copo d'água, que bebeu em um só gole, ela o arguiu.

- O senhor tem certeza de que se trata do seu filho?

Embora surpreso e aturdido com a última informação sobre a criança que fora atendida de emergência, cuja descrição correspondia perfeitamente à do Carlinhos, bem como pela descrição do casal que o socorreu, tinha consciência de que não poderia desistir da busca pelo seu filho.

- Sim, tenho certeza: é o meu filho. Minha senhora, eu preciso ir urgentemente a Ponta Grossa. Será que eu consigo alugar um carro aqui? Há algum telefone que eu possa usar para ligar para Tenea?

- Na vila, as únicas viaturas estão nos sítios, mas daqui a pouco deve passar um ônibus que vai até lá. O ponto dele fica logo ali, na pracinha. Quanto ao telefone, se for para ligar a cobrar, pode usar o nosso.

Agradeceu e foi telefonar para sua casa. Como previa, a reação da sua esposa ao ouvir as terríveis novidades foi uma explosão de desespero à qual ele não se conteve e juntos só fizeram chorar e rezar.

Sem dar margem às ponderações de seus dois companheiros que se sentiam constrangidos em deixá-lo, especialmente devido ao estado lastimável em que se encontrava, ele insistiu em seguir sozinho para Ponta Grossa.

- Tinho e Paulinho, não sei como lhes compensar por tudo que fizeram por mim. Eu lhes serei eternamente grato. (Sem permitir que respondessem, prosseguiu.)

- Agradeceria muito se puderem me fazer mais um favor. Tinho, assim que puder, mande levar o Sereno para o meu sítio e peça para tratarem bem dele. Paulinho, volte para Tenea, levando o Amiguinho, e diga à Marihéstia que ligarei para ela de Ponta Grossa. Pode lhe contar o que está acontecendo, mas procure não a alarmar demais. Novamente, muito obrigado, meus amigos.

- Rodrigo, você não comeu nada desde que saímos da fazenda; fique com o lanche e com o meu casaco, pois o seu pulôver é muito fino para o frio que vai fazer. (Ofereceu Tinho, com genuína preocupação.)

- Obrigado, amigo, mas não há necessidade; você vai precisar para o regresso. Enquanto espero o ônibus, vou comer alguma coisa aqui no vilarejo e comprar um agasalho qualquer.

Capítulo 6. Renascer

"... eu lhes garanto que o seu filho está nas mãos de uma das melhores equipes de cirurgiões de cérebro."

Enquanto o carro seguia apressado para Curitiba, o Dr. Pedro, consciente da gravidade do ferimento sofrido, lutava para manter as condições mínimas dos sinais vitais de seu paciente. Ele sabia que precisava evitar a deterioração do seu estado de saúde e o monitorava sem parar, ajustando e aplicando a medicação indicada. Tinha que preservar, como possível, as suas chances de sobrevida à complexa cirurgia a que seria submetido. Ao mesmo tempo, pedia a Deus para que chegassem a tempo de salvar a vida do seu primeiro paciente grave, se possível, sem sequelas.

Sentimentos e expectativas diferentes e até contraditórios afloravam nas cabeças e corações do casal que socorrera o menino acidentado.

Alina sentia no fundo de seu coração que tanta coincidência só podia ser a resposta de sua santa de devoção às suas preces para ser mãe novamente e se apaixonava cada vez mais pela linda criança, seu filho reencarnado.

Darius só queria se livrar da responsabilidade e prosseguir na viagem. O que poderia acontecer com a criança, depois da chegada ao hospital, não era da sua conta: tinha a consciência tranquila por ter cumprido seu dever de cidadão.

Já passava da meia-noite quando chegaram ao Hospital Santo Agostinho. Atendido pela equipe de neurologia que aguardava a sua chegada e constatada a gravidade da situação, Carlinho foi imediatamente levado ao Centro Cirúrgico. O jovem médico que fizera o primeiro atendimento da criança se despediu do casal, lamentando não poder participar ou mesmo assistir à cirurgia, já que estava exausto e sem tempo, pois precisava se preparar para viajar a São Paulo.

- O nosso menino está nas mãos de uma das melhores equipes de neurocirurgiões do país. Tomamos a decisão certa de virmos diretamente para cá. Sem vocês, ele não teria a menor chance de sobrevivência. Que Deus os abençoe por isso. (O jovem médico os agradeceu, com olhos úmidos.)

- Que Santa Sara o abençoe, Doutor. (Respondeu Alina, sem esconder a emoção.)

Enquanto Darius pressionava sua esposa para saírem imediatamente dali e ela fingia não ouvir, uma funcionária do hospital se aproximou do casal.

- Vocês são os pais da criança?

- Sim! (Respondeu Alina de imediato, antecipando-se ao seu marido.)

Pego de surpresa e assustado com a reação de sua esposa, ele a segurou firme pelo braço e sussurrou em seu ouvido, em tom de determinação.

- O que você está fazendo? Está louca? Só vamos arrumar problema. Vamos embora, enquanto é tempo...

Ignorando completamente o apelo de seu marido, ela acompanhou a mulher até um pequeno escritório, para as providências administrativas. Ele a seguiu, tentando a todo custo impedi-la de prosseguir com tal loucura, segurando seu braço e sussurrando ameaças em seus ouvidos: tudo em vão.

Alina, ao receber a ficha de informações para serem preenchidas com os dados do paciente e dos seus responsáveis, retirou de sua bolsa a certidão de nascimento de seu filho falecido e, chorando convulsivamente, fez menção de entregá-la à funcionária, no que foi impedida pelo marido.

Darius entendeu de imediato que sua esposa estava à beira de um colapso nervoso, temeu por sua saúde e, embora desejasse muito estar a quilômetros dali, não ousou contrariá-la. Ele nunca havia visto Alina agir de forma tão irracional e com tamanha determinação para conseguir o que queria, mesmo que, para isso, precisasse cometer um grave crime e enfrentar a prisão.

Assustado com a situação em que se viu envolvido pelo destino, cerrou os olhos e implorou a Deus para fazer sua amada esposa recuperar o juízo. Entrementes, decidiu assumir o papel que lhe cabia na farsa e tentar minimizar os riscos para o casal.

- Querida, deixe que eu preencho a ficha. (Interveio, tomando-a das suas mãos e guardando a certidão em seu bolso.)

Movido pelo seu instinto de defesa, moldado pela saga de Romafobia[6] através dos tempos, Darius preencheu a ficha com informações falsas, buscando fazê-las coerentes com o que já havia sido dito. A criança foi chamada de Abelardo, Alina de Celina e ele de Marius. Assim como, alterou os sobrenomes, endereços, etc.

Com a ficha de cadastro do paciente, Abelardo Gonzalez Ferreira, preenchida e assinada, Darius abraçou sua esposa e lhe sussurrou no ouvido.

- Querida, nunca duvide de meu amor por você. Por favor, confie em mim e não diga mais nada. (Ela, suando frio, com suas roupas molhadas e feições demonstrando um misto de insanidade, paixão e ansiedade, fixou seus olhos nos deles, balançou a cabeça em sinal de concordância e o abraçou fortemente.)

Darius observou aliviado que a enfermeira, possivelmente por estar acostumada aos dramas familiares, não havia notado nada de anormal no comportamento do casal e dirigiu-se a ela.

---

[6] Hostilidade, preconceito, discriminação ou racismo direcionados aos ciganos.

- A senhora poderia nos orientar sobre como poderemos acompanhar o tratamento do nosso filho? Nós não conhecemos nada daqui e não sabemos aonde ir e o que fazer.

- Assim que a operação terminar, um dos médicos da equipe virá falar com vocês. Pela minha experiência de casos semelhantes, hoje certamente vocês não poderão vê-lo. Após o procedimento, o paciente deverá permanecer sob observação permanente em uma sala especial, só sendo liberado depois de completamente estabilizado e fora de risco.

- E como ficamos sabendo do resultado da operação?

- É natural que se preocupem e fiquem ansiosos, mas eu lhes garanto que o seu filho está nas mãos de uma das melhores equipes de cirurgiões de cérebro do Brasil. Como já havia dito, assim que o procedimento terminar, o médico lhes dará todas as explicações.(Respondeu e prosseguiu.)

- Vou lhes levar até a sala de espera. Com relação à hospedagem, eu aconselho a fazerem a reserva agora mesmo em um hotel na cidade, onde poderão dormir um pouco esta noite e acompanhar a recuperação do seu filho. O tratamento todo deve demorar pelo menos uma semana.

Cerca de oito infindáveis horas passadas, nas quais Darius repassou com Alina as informações que havia inserido na ficha do paciente e idealizaram a história cobertura que deveriam adotar em todas as situações a partir daquele momento.

De repente, um dos médicos da equipe cirúrgica se acercou do casal, com semblante animador.

- O seu filho apresentava um quadro clínico que nunca havíamos encontrado em sobreviventes de acidentes desta natureza e possivelmente não saberíamos exatamente como proceder. Entretanto, graças a uma feliz coincidência, a cirurgia foi realizada com absoluto sucesso. As chances de sobrevivência e sem sequelas motoras são máximas. A única dúvida reside em saber como o setor da memória do cérebro vai reagir ao trauma que sofreu.

- Desculpe, Doutor, não entendi. Poderia explicar? (Questionou Alina.)

- Por uma vontade divina, o Professor-Doutor Frank Cervas, da Universidade de Harvard, está ministrando um seminário sobre operações cranianas no hospital e participou da cirurgia. Graças a ele, conseguimos salvar a vida de seu filho e evitar que sofresse qualquer restrição física e intelectual no futuro. A única dúvida é sobre como a memória de fatos passados irá funcionar. O trauma nesse setor do cérebro foi muito severo.

- Quer dizer que o Belinho não vai lembrar de nada do que aconteceu de ontem para trás?

- Sim. É possível, mas pouco provável, que ele venha a recuperar a memória ou parte dela com o tempo. O certo é que ele vai precisar de paciência e de todo o apoio e carinho familiar para retornar à normalidade da vida.

Assim que o médico deixou o recinto, Alina explodiu em felicidade.

- Amor, eu falei para você, tudo isso é um milagre de Deus para nos recompensar pelo nosso sofrimento. (Alina sussurrou, abraçando e beijando ardentemente seu marido.)

Em seguida, começou a dançar de forma sensual, como se a música estivesse em seus ouvidos, no que foi acompanhada por seu marido, rendendo-se aos desígnios do destino. Observados com espanto pelas demais pessoas na sala de espera, que, como eles, aguardavam notícias de um ser querido, suas curiosidades foram atendidas quando Alina, cantando, disse em voz alta.

- Nosso filho vai viver! Graças a Deus! Graças a Santa Sara!

- Que Deus seja louvado. (Balbuciou uma idosa, levantando-se e abraçando o casal, no que foi seguida pelos demais.)

Já no quarto do hotel, Darius decidiu colocar firmemente sua posição quanto à adoção, ou melhor, ao sequestro pretendido por sua esposa.

- Querida, o que você quer fazer é um crime grave, com pena de prisão para nós dois por vários anos. Você está ciente disso?

- Sim. Mas não posso deixar aquela criança, tão parecida com o nosso filho, ser tratada como indigente e acabar em um orfanato e crescer sem o carinho e os cuidados de seus pais.

- Você sabe que meu amor por você é infinito e incondicional, e que faço qualquer coisa para vê-la feliz e já dei diversas provas disso. Entretanto, neste caso, tenho duas condições. Se não concordar, quer queira ou não, nós vamos sair da cidade imediatamente. (Disse com uma determinação nunca vista pela sua esposa.)

- Quais são as condições? (Questionou Alina, assustada.)

- Em primeiro lugar, acima de qualquer outro interesse, vem o do menino. Concorda?

- Sim! É o que eu quero também.

- Que bom! Em segundo lugar, se a família ou a polícia aparecerem em busca da criança, até o momento da alta do hospital, nós saímos imediatamente de cena.

- Também estou de acordo. Se os pais verdadeiros dele aparecerem, eu concordo em deixar o menino com eles, porém, não vou esperar um segundo após a alta do hospital para adotá-lo como meu filho renascido pelas graças de Santa Sara Kali.

Exausta, tanto física quanto emocionalmente, Alina tomou um banho e dormiu com um sorriso nos lábios. Darius, por sua vez, já completamente envolvido na farsa orquestrada pela mulher da sua vida e preocupado em evitar surpresas desagradáveis, não conseguiu pegar no sono. Dirigiu-se à recepção do hotel, onde realizou várias ligações telefônicas, inclusive aos seus pais e sogros.

No dia seguinte, assim que deixaram o salão do café da manhã, foram abordados por um desconhecido.

- Lochin ugin, phal[7].

- Lochin ugin, phal - respondeu Darius, afastando-se para conversar em particular, fazendo um sinal para que Alina o aguardasse no quarto.

O homem era um empresário local chamado Dorú, enviado por um dos chefes ciganos, com quem Darius consultara por telefone na noite anterior, para ajudar o casal no que precisasse. Conversaram por vários minutos e se despediram com um forte abraço.

---

[7] Bom dia, irmão (na língua Romani).

Dois dias depois, tendo apresentado uma excepcional recuperação da cirurgia e já recobrado a consciência, Carlinhos, ou no presente caso, Belinho, deixou o tratamento intensivo e foi transferido para um quarto. Alina e Darius foram autorizados a acompanhar o paciente, entretanto, não antes de receberem detalhadas orientações de neurologistas, psiquiatras e psicólogos sobre como proceder no trato com o paciente.

Vestindo roupas ciganas, agora com cores alegres, deixando para trás o período de luto, no primeiro contato com o menino, Alina, com lágrimas correndo em profusão por seu rosto e sorrindo ao mesmo tempo, esqueceu completamente das orientações médicas e o beijou diversas vezes no rosto e nas mãos, repetindo sem parar
:
- Meu filho! Meu filho! Meu filho!

- Mãe? Você é minha mãe? - sussurrou o menino, com voz fraca.

- Pela vontade de Santa Sara Kali, sim, meu amor, eu sou sua mãe e ele é o seu pai. Você sofreu um grave acidente com sério trauma na cabeça, mas, graças a Deus e aos médicos que lhe atenderam, está vivo.

- Não me lembro de nada.

- Você passou por uma delicada cirurgia no cérebro e os médicos disseram ser normal que, temporariamente, esqueça do tempo passado.

Aos poucos e com nossa ajuda, você irá recobrando a memória. O importante é que está vivo, com as bênçãos de Santa Sara Kali. (Mentiu Darius, aderindo completamente ao plano de sua esposa.)

- Mãe, pai, qual o meu nome?

- Querido, seu nome é Belinho.

A partir daí, Alina e Darius seguiram os planos que traçaram, transmitindo ao menino apenas as informações referentes à história-cobertura que idealizaram.

Cerca de duas semanas depois da cirurgia, precisamente no dia quatro de julho, o paciente recebeu alta hospitalar.

- Querido, as suas duas condições foram atendidas. Agora, ele é nosso filho para sempre, não é? (Segredou Alina nos ouvidos de seu marido, concluindo com beijos ardentes na boca e olhar apaixonado.)

- Sim, ele é o nosso Belinho - respondeu Darius, retribuindo os beijos com a mesma paixão, mas com grande apreensão, pensando nas providências para evitar eventuais contratempos.

Ao saírem do hospital, Alina deixou um envelope lacrado com a recepcionista, com instruções para entregá-lo à primeira pessoa que aparecesse perguntando sobre o menino acidentado.

- Pode ser que algum dos nossos parentes apareça perguntando por nós. (Disfarçadamente passando-lhe uma gratificação em dinheiro.)

- Querida, do que se trata essa carta? Não está deixando nenhuma pista sobre quem somos, está?

- É claro que não, meu amor. Não se preocupe, é coisa de mãe para mãe.

Com vistas a despistar eventuais investigações sobre o desaparecimento do menino, Darius informou aos médicos que iriam retornar para casa, em Ponta Grossa, no endereço constante da ficha de cadastro, tendo recebido orientações para o acompanhamento médico no hospital local. Entretanto, secretamente, se hospedaram em uma chácara afastada da cidade, de propriedade de seu novo amigo Dorú. Lá, longe dos olhos de curiosos, pretendiam permanecer incógnitos por cerca de um mês, aproveitando o tempo para interagirem entre si.

Conforme combinaram, Dorú levou o carro de Darius a uma oficina mecânica de um cigano de confiança para trocar a cor do teto, de branco para preto, e confeccionar placas e documentos falsos.

Também, com a prestimosa ajuda de sua esposa (Maria) e de outros membros da comunidade local, arrumaram uma enfermeira para fazer os curativos em Belinho e supriam as suas necessidades de roupas de gadgés[8], e tudo o mais que precisassem.

Foram momentos de grande felicidade para Alina que não desgrudava de seu novo filho, contando histórias e brincando. Nos poucos momentos em que o agora Belinho ficava sozinho, ela observou que ele se interessava bastante pelos animais da chácara, especialmente o cachorro da raça policial, chamado Piteco, parecendo conversar com ele.

Darius, embora participasse das interações familiares, mantinha-se alerta a quaisquer sinais de perigo e já havia traçado um plano de fuga caso a polícia se aproximasse da chácara. Dorú, por sua vez, lia diariamente os jornais e ouvia as notícias no rádio para saber se havia qualquer indicação de ação policial de busca pelo menino.

Certo dia, de madrugada, o cachorro da chácara começou a latir incessantemente. Darius olhou pela janela, não viu nada de estranho e preparava-se para voltar a dormir, quando Belinho interveio:

- Pai, o Piteco está avisando que tem gente estranha chegando.

- Darius, vamos já para o esconderijo. (Comandou Alina com determinação, juntando suas coisas.)

Sem tempo para questionamentos, todos seguiram o plano, levando as malas que permaneciam fechadas e os objetos pessoais em uso para o local determinado: uma parede falsa que levava a um quarto perfeitamente

---

[8] Forma que os ciganos designam os não ciganos

disfarçado na arquitetura da casa. Lá, no escuro e em absoluto silêncio, permaneceram até que os policiais se retiraram, fato comprovado pelo caseiro e também pelos latidos do Piteco.

A viatura da polícia ligou as sirenes já nas proximidades da entrada da chácara, enquanto dois policiais cercavam a casa. Vasculharam detalhadamente a residência e seus arredores e interrogaram intensivamente o caseiro. Após cerca de meia hora, nada tendo encontrado de suspeito, foram embora.

Questionados pelo caseiro, também cigano, sobre o porquê daquela invasão, responderam com deboche que "ciganos sempre são os principais suspeitos de crimes".

Dias depois, a polícia novamente apareceu, só que agora ao amanhecer do dia, mas, graças ao alerta do Piteco, outra vez nada encontraram.

No início do mês de agosto, não havendo qualquer indício de que a polícia prosseguia com as buscas ao menino desaparecido, Darius considerou que já era tempo de seguirem para a localidade de Rebouças, onde o circo se encontrava. Decidiu que deveriam viajar no próximo domingo, dia da semana em que normalmente há poucos policiais de vigia nas estradas.

Na véspera, os anfitriões ofereceram uma festa genuinamente cigana de despedida de seus novos amigos. Todos dançaram e cantaram quase a noite toda. Belinho, praticamente recuperado da cirurgia, foi um dos mais alegres. Alina, sem tirar os olhos de seu novo filho nem por um instante sequer, sentiu-se feliz com a adaptação dele à cultura e costumes ciganos. Observou também, com curiosidade, que volta e meia ele levava alguma guloseima da festa para os animais da chácara e dos convidados, parecendo conversar com eles.

Ao final da festa, Maria chamou Belinho e lhe deu de presente um filhote de cão Pastor Alemão.

- Belinho, toma, é seu. Cuide bem dele.

- Ele é lindo. Muito obrigado, Dona Maria. Qual o nome dele? (Agradeceu, abraçando-a fortemente pela cintura e beijando sua mão.)

- Ainda não tem nome. É seu, meu querido, e pode chamá-lo como quiser. (Respondeu, emocionada com a reação de Belinho.

- Vai ser Piteco, ou melhor, Pitequinho.

Capítulo 7. Desesperança

> *"Foi diagnosticado como um caso suspeito de doença contagiosa, com características semelhantes à gripe espanhola, e internado em uma área de isolamento do Hospital Geral."*

O ônibus, aliás, uma jardineira bastante antiga e em péssimas condições de manutenção, chegou a Santo Antônio com cerca de duas horas de atraso. Enquanto esperava, Rodrigo foi até uma vendinha, a única do local, mas não havia nada para comer ou roupa à venda, apenas utensílios, cereais e cachaças.
Encheu o cantil com água de um filtro e sentou-se em um banco de madeira na praça para aguardar o ônibus. Seus pensamentos concentravam-se nos possíveis horrores que seu filho poderia estar passando e na sua impotência em salvá-lo. Em desespero e angustiado, não conteve as lágrimas que corriam soltas pelo seu rosto.

O ônibus estava praticamente lotado, restando para ele apenas um lugar na última fileira, apertado entre um homem idoso, que não parava de tossir, e uma jovem sonolenta de uns treze anos, com as roupas molhadas de suor, apesar da baixa temperatura.

Ao retirar a carteira do bolso para pagar a passagem ao motorista, verificou, preocupado, que lhe restavam apenas alguns poucos trocados, insuficientes para o que precisava fazer em Ponta Grossa. Imaginou suas opções e concluiu que, de imediato, a única saída seria pedir dinheiro emprestado ao seu irmão, Amâncio. Há muito tempo que não se falavam, desde uma discussão em que insinuou que ele vivia às custas da Marihéstia.

- Se não fosse pela segurança do Carlinhos, jamais pediria qualquer coisa ao Amâncio, mas não tenho alternativa senão engolir o orgulho. (Pensou, constrangido.)

A viagem, mesmo com a baixa velocidade do velho veículo, duraria no máximo umas duas horas; entretanto, até chegar à rodoviária de Ponta Grossa, passaram-se mais do que o dobro. A jardineira fazia paradas à beira da estrada sempre que algum passageiro desejasse desembarcar ou embarcar, as quais duravam algum tempo extra para coleta e entrega de bagagens e despedidas. Para piorar, o ônibus entrava em todos os vilarejos no trajeto, nos quais, invariavelmente, o motorista desligava o motor e deixava o veículo para ir ao banheiro ou simplesmente conversar com algum conhecido.

Durante a viagem, faminto e exausto, Rodrigo começou a se sentir febril, sonolento, com tosse constante e dores de cabeça e no corpo. Em uma das paradas, conseguiu mudar de lugar e sentar-se junto à janela, respirando ar fresco, mas isso não amenizou sua situação. Sentia-se pior a cada instante, com calafrios, suor abundante e tonturas.

Ao desembarcar na Estação Rodoviária, perdeu o equilíbrio e caiu pesado no chão, onde permaneceu semiconsciente. Diversos populares o acudiram, mas se afastaram e acionaram a polícia e o socorro médico ao perceberem o estado febril de Rodrigo e observarem a arma que ele portava na cintura. Durante o atendimento de emergência e o interrogatório preliminar da polícia, ele tentou explicar que estava em busca de seu filho desaparecido e possivelmente em atendimento em um dos hospitais da cidade, mas as palavras não saíam de sua boca e ele se desesperava cada vez mais.

Foi diagnosticado como um caso suspeito de doença contagiosa, com características semelhantes à gripe espanhola, e internado em uma área de isolamento do Hospital Geral. O temor de uma recidiva da gripe, que havia ceifado a vida de milhões de pessoas no mundo todo, tomou conta da classe médica e das autoridades locais. Com vistas a evitar um provável pânico generalizado, decidiram não tornar público o fato, até que fosse confirmada ou não a terrível hipótese.

Os Governos Estadual e Federal foram informados e, não só apoiaram a decisão, como enviaram especialistas para colaborar na definição do diagnóstico e na adoção de medidas de prevenção e contenção da disseminação da doença. Nem mesmo o nome do paciente foi revelado.

Marihéstia, estressada pelo desaparecimento de seu filho caçula, via seu estado emocional agravar-se a cada instante que passava sem notícias de seu marido. Ele deveria ter-lhe telefonado de Ponta Grossa assim que chegasse, o que deveria ter ocorrido no entardecer de ontem. Ela passou a noite toda sentada em uma poltrona, ao lado do telefone da casa, sem que ele tocasse uma vez sequer. De tempos em tempos, tirava o fone do gancho para ver se estava funcionando.

Na manhã do dia seguinte, telefonou para todas as pessoas que conhecia em Ponta Grossa, inclusive seu cunhado, Amâncio, mas sem nenhuma resposta animadora. Ligou, então, para cada um dos hospitais locais, que responderam não haver registro de internação ou atendimento no setor de emergência de Rodrigo ou Carlinhos.

Ao ligar para a Delegacia de Polícia de Ponta Grossa, foi informada que não havia qualquer ocorrência policial com os nomes de seu marido e de seu filho. Ainda, que queixas de desaparecimento de pessoas só poderiam ser feitas depois de três dias do último contato e pessoalmente na Delegacia.

Inconformada, foi falar com o Delegado de Tenea, por acaso casado com uma de suas amigas de infância, que confirmou a regra da polícia sobre ocorrências de desaparecimentos. Entretanto, considerando a amizade das famílias, afiançou que, excepcionalmente, emitiria de imediato os alertas de busca para todas as unidades policiais do Estado.

Ela preencheu os formulários com as descrições físicas do marido e do filho e os entregou ao delegado. Ao final, agradeceu-lhe pelo especial favor e informou que iria para Ponta Grossa, mas que lhe ligaria diariamente para saber notícias de seus entes queridos.

Em seguida, conversou com o prefeito e pediu que ele entrasse em contato com seu congênere de Ponta Grossa e com o governador do estado, solicitando apoio na busca por seu marido e filho. Após vangloriar-se de seu nível de amizade com ambas as autoridades, prometeu telefonar-lhes ainda hoje e se levantou para conduzi-la à porta. Entretanto, surpreendeu-se com a postura de sua interlocutora.

- Senhor prefeito, a nossa família sempre o apoiou politicamente e, até hoje, nunca lhe pedimos qualquer favor. Entretanto, este é um caso de vida ou morte e agradeceria muito se o senhor telefonasse para eles agora mesmo, enquanto estou aqui para esclarecer qualquer dúvida que possam ter. (Expressou-se em tom resoluto, sem fazer qualquer menção de mover-se de onde estava.)

Constrangido e sem escapatórias, ele fez as ligações. Em ambos os casos, foi atendido por secretárias das autoridades que prometeram transmitir os pedidos aos seus respectivos chefes e retornar as ligações assim que possível. Enquanto, sem conseguir esconder sua vergonha, tentava explicar que teria havido mal-entendidos por parte das funcionárias, sua agora ex-eleitora virou-lhe as costas e, sem dizer palavra, caminhava para a porta quando o telefone tocou.

- Senhor prefeito, é do gabinete do governador. (Ao ouvirem a notícia, ambos retornaram aos seus lugares.)

A ligação foi transferida para o secretário de saúde, que pediu para conversar diretamente com Marihéstia.

- Bom dia. Falo com a senhora Marihéstia, esposa de Rodrigo Rossi?

- Sim, sim... O que houve?

- Antes de lhe passar qualquer informação sobre o seu marido, preciso que prometa, sob as penas da lei, não revelar nada do que lhe disser para qualquer pessoa, incluindo o prefeito de Tenea. É muito importante que concorde com essa condição.

- Sim, sim, eu juro. (Concordou apavorada, prevendo mais más notícias.)

- Muito bem, o senhor Rodrigo sentiu-se mal na rodoviária de Ponta Grossa e foi internado em segredo no Hospital Geral, com sintomas semelhantes aos de uma séria doença contagiosa. Até que sejam descartadas as suspeitas, ele deverá permanecer isolado em uma ala especialmente preparada para esses tipos de emergências.

- Posso visitá-lo? (Perguntou, gaguejando e tremendo dos pés à cabeça.)

- Por enquanto, não, mas poderá ter notícias dele por meio do diretor do Hospital Geral, Dr. Mário dos Santos. Ele será avisado e lhe dará todo o apoio necessário. Lembre-se, não revele essas informações a ninguém. (Dito isso, despediu-se e desligou o telefone, sem lhe dar oportunidade de falar do seu filho.)

Mesmo com a angústia roendo sua alma, organizou, como pôde, os serviços do escritório e da casa, retirou dinheiro de sua conta bancária e preparou sua bagagem, incluindo roupas e pertences de seu marido e do Carlinhos.

Preocupada que sua sogra, de idade bastante avançada e com problemas de saúde, viesse a saber por terceiros das desgraças que assolavam sua família, contou-lhe tudo o que sabia, com exceção da situação de saúde de Rodrigo. Informou-a sobre o que pretendia fazer e prometeu mantê-la informada de qualquer novidade que surgisse.

A reação da velha senhora, com coração e alma calejados pelas agruras da vida e com as lágrimas percorrendo os rios do tempo em sua face, foi surpreendente: abraçou fortemente sua nora e a beijou na testa.

- Dona Andreanna, estou perdida. Devo ter feito algo muito ruim na vida passada para merecer tremendo castigo de Deus. Não sei o que fazer. .

- Seja forte, minha filha, e faça o melhor que puder para salvar os meus amados filho e neto. Tenha fé em Deus. Acredite, não é Ele que nos castiga, mas o Demônio que testa nossa fé. Meu bom São Benedito não permitirá que eu vá desta vida sem que possa abraçar e beijar meu filho e meu neto novamente.

De volta à casa, a contragosto, pois não queria preocupá-los com assuntos dos quais não poderiam ajudar, ligou para seus filhos em Curitiba. Preparou-se para manter a tranquilidade durante a conversa, mas se descontrolou logo no primeiro contato, passou a chorar convulsivamente e, com muito custo, conseguiu contar-lhes a tragédia que vivia. Contagiados pela tristeza e angústia da mãe, também foram às lágrimas.

Mesmo tendo prometido à mãe não se envolverem na busca pelo pai e pelo irmão caçula, não conseguiram ficar inertes e dividiram os seus âmbitos de atuação. Fazendo uso das economias dos dois, Gustavo, o mais velho e estudante de medicina, viajou para Ponta Grossa para apoiar a mãe; enquanto Marcelo, estudante de engenharia, procuraria por Carlinhos nos hospitais da cidade.

Marcelo organizou uma lista de todos os estabelecimentos de saúde da cidade, dos serviços de assistência a menores e da delegacia de desaparecidos. Depois, passou dias realizando centenas de consultas por telefone, perguntando sobre uma criança de dez anos chamada Carlos de Oliveira Rossi.

De todas, recebeu respostas negativas, mas, em alguns hospitais, percebeu um tom de indefinição na pessoa contatada, possivelmente alguém não preparado para esse tipo de consulta. Resolveu ir pessoalmente aos locais e falar com funcionários mais capacitados.

Novamente, incluindo o Hospital Santo Agostinho, os encarregados pesquisaram nas listas de crianças atendidas nos últimos dias, tanto em consultas, quanto em emergências e internações, e não identificaram nenhum Carlos de Oliveira Rossi. Também, não surtiu qualquer efeito mostrar as fotografias do irmão que trazia consigo.

Embora reclamando com Gustavo por não ter cumprido suas ordens, Marihéstia se sentiu confortada e apoiada pela presença de seu filho mais velho. Juntos e contando com a participação do cunhado Amâncio e de sua esposa, na casa de quem se hospedaram, repetiram os procedimentos de Marcelo, em Curitiba, com as mesmas decepcionantes respostas.

Quando não estava seguindo alguma indicação sobre um possível paradeiro de Carlinhos, ela passava o tempo todo no hospital, no aguardo de notícias de seu marido. Com o corpo já enfraquecido pela angústia da ausência de seu filho caçula e da repentina doença do marido, mais de uma vez, ela perdeu os sentidos e teve que ser atendida pelo médico de plantão, que lhe receitou um tranquilizante e recomendou descanso e alimentação saudável; tudo que ela não podia fazer no momento.

Nenhuma das pessoas consultadas nos hospitais de Ponta Grossa ou de Curitiba conhecia o Dr. Pedro Alcântara, o médico que atendeu a criança acidentada no Posto Médico de Santo Antônio. Não havia registro dele na Faculdade de Medicina de Curitiba ou na Secretaria de Saúde do Estado, encarregada da escala de médicos plantonistas em locais desprovidos de infraestrutura de saúde.

Decorridos cinco longos dias de frustrantes buscas e inconformado com a falta de respostas, Marcelo foi à Secretaria de Saúde do Estado e conseguiu obter o nome do médico escalado para o plantão na data considerada, o Dr. Oswaldo Ardênio. Procurado em seu local de trabalho, ele respondeu que, no período, estava com sua esposa prestes a dar à luz ao seu primeiro filho e que, como não conseguiu nenhum colega para substituí-lo, apelou ao seu amigo de infância, Dr. Pedro Alcântara, formado na Faculdade de Medicina do Rio de Janeiro.

Ele já deve ter viajado para São Paulo, onde fará Residência no Hospital das Clínicas, mas vou lhe passar o endereço dos seus pais aqui em Curitiba – prontificou-se o Dr. Oswaldo, entregando-lhe um pedaço de papel com o endereço.

Imediatamente, Marcelo dirigiu-se para lá, mas os pais de Pedro dispunham apenas do endereço provisório do filho em São Paulo: um quarto e sala, ainda sem telefone.

- Quando ele nos ligar, pedirei que entre em contato imediatamente com você. Se for pedir a alguém para procurar o Pedro em São Paulo, acho mais fácil encontrá-lo no Hospital das Clínicas, no setor de neurologia. (Prontificou-se a senhora, comovida com o drama do Carlinhos e de sua família.)

Marcelo prosseguiu na incessante busca por informações do paradeiro de Carlinhos e comprometeu suas mesadas de vários meses em dívidas com amigos para realizar telefonemas interestaduais para a Faculdade de Medicina e o Hospital das Clínicas de São Paulo, sem quaisquer resultados práticos.

Dias sem conta depois, ao regressar à pensão tarde da noite, a proprietária lhe entregou um recado deixado pelo pai do Dr. Pedro: "Marcelo, o meu filho disse que o menino que ele atendeu em Santo Antônio foi internado e operado de emergência no Hospital São Francisco. Pelo que soube, a cirurgia foi bem-sucedida."

Mal acabou de ler o bilhete, ele correu para o hospital citado. Lá, depois de muita insistência, pois o pessoal administrativo já havia deixado o serviço, um cirurgião de plantão lhe informou que havia participado da cirurgia da criança e que fora um grande sucesso da medicina, ou um verdadeiro milagre. Entretanto, como não havia qualquer criança internada no setor de neurologia, foi orientado a voltar durante o expediente, entre oito e dezoito horas, e consultar no setor de internações.

No dia seguinte, assim que a funcionária do setor chegou para abrir a sala, Marcelo, sem conseguir dormir a noite, já a aguardava desde muito cedo. Recebeu com surpresa e decepção a informação de que o menino já havia recebido alta; mais ainda, quando tomou conhecimento dos dados do paciente e dos seus pais ciganos.

- A senhora tem certeza de que o nome do menino é esse mesmo? Por favor, dê uma olhada nesta foto.

- Os nomes que constam dos registros são os que lhe passei, mas a criança da foto parece muito com o Abelardo. Vou mostrar para as pessoas que tiveram mais contato com o paciente.

Alguns minutos depois, a funcionária retornou, trazendo nas mãos um envelope.

- Todos a quem consultei reconheceram a foto como do Abelardo. Não sei o que dizer, nem o que fazer, sinto muito.

- A senhora teria alguma outra informação que me ajudasse a encontrar essa família? Estamos todos desesperados procurando pelo Carlinhos. Por favor, qualquer coisa pode ser útil. (Implorou, com olhos marejados.)

- A única coisa que tenho é este envelope deixado pela mãe do menino, para quem viesse saber dele. Espero que ajude a esclarecer a identidade da criança. (Respondeu, comovida com o drama do jovem à sua frente.)

Dali mesmo, com autorização da funcionária, Marcelo telefonou para sua mãe, passando-lhe todas as informações recebidas, incluindo o endereço da família em Ponta Grossa.

- Mãe, quer que eu abra o envelope e leia o que está escrito para você?

- Sim... Faça isso, enquanto espero o Amâncio tirar o carro da garagem para irmos ao endereço que me deu.

- A senhora está sentada? O Gustavo está ao seu lado? (Questionou, com voz consternada.)

- Sim e sim. Leia logo, filho.

- Tudo bem! Vou ler, mas fique calma.

"A quem interessar possa,

Quem ama, cuida! Não parece ser este o caso dos responsáveis pela criança que encontramos desacordada, maltrapilha e seriamente ferida em um local ermo e bem longe de áreas habitadas. Ou não tinha uma família que cuidasse de sua segurança, ou esta negligenciava o seu dever para com ela. Estava acompanhada de um cavalo chucro e de um cachorro, os quais pareciam protegê-la, como se vivessem em grupo isolado na selva.

Interrompemos a nossa jornada e a socorremos de imediato, levando-a ao vilarejo mais próximo, onde foi atendida de emergência em um precário posto de saúde. Enquanto aguardávamos, tentamos identificar a criança e a sua família, mas ninguém a conhecia. Como a distância para qualquer outro local habitado era muito grande para ser percorrida no dorso de um cavalo, concluímos que possivelmente ela não teria família. Ou, se porventura tivesse, não recebia os cuidados adequados que necessitava ou, pior, teria fugido de casa devido a maus tratos.

De acordo com o jovem médico que a atendeu no vilarejo Santo Antônio, a única forma de lhe proporcionar a mínima chance de sobrevivência seria levá-la de pronto a um hospital de referência em neurocirurgia. Os dois únicos do Estado ficavam em Curitiba e, comovidos, não havendo outro meio de transporte no local, nós conduzimos o médico e seu paciente até lá. A criança foi internada no Hospital (particular) São Francisco, segundo o doutor, o mais bem preparado para a complexidade da cirurgia que provavelmente ela seria submetida, bem como arcamos com todos os custos.

Pelos mesmos desígnios divinos que fizeram com que nossos caminhos se cruzassem no momento crítico, estava presente no hospital um médico especialista dos Estados Unidos, que participou efetivamente da delicada cirurgia. De acordo com um dos cirurgiões, a sua contribuição foi determinante para salvar a vida do menino e evitar que ficasse com sequelas físicas ou mentais graves. A única área do cérebro que restou afetada foi a da memória de fatos passados, sem probabilidade de recuperação ao longo do tempo.

Festejamos muito a vida do lindo menino e o acompanhamos durante todo o período de recuperação, apoiando e ajudando-o a superar o trauma de não se lembrar de nada do seu passado. Na prática, ele renasceu como uma fênix, começando uma nova vida a partir do momento em que despertou da anestesia.

Quem cuida, ama! Essa afirmação se mostrou verdadeira, e, de repente, nos encontramos perdidamente apaixonados pelo menino, como se carne da nossa carne fosse.
Não tendo qualquer lembrança do passado, caso nenhum responsável por ele aparecesse, pessoalmente ou por meio da Polícia, assim que tivesse alta do hospital, ele seria internado em um orfanato e, eventualmente, adotado por uma família qualquer.

Assim, eu e meu marido juramos fazer o que fosse melhor para ele e decidimos adotá-lo, ou seja, dar-lhe um lar verdadeiro e com muito e fervoroso amor, se sua família biológica não aparecesse. E, como ninguém tivesse procurado por ele, assim fizemos.

Como ele não se lembra de nada de seu passado, sejam de seus pais, irmão ou amigos, também não sentirá falta. Nós nos comprometemos, por tudo que é mais sagrado no universo, a amá-lo e protegê-lo intensa e eternamente.

Saiba que ele está vivo, saudável e feliz. Creio que isso seja o mais importante para você, se é que verdadeiramente o ama e se importa com seu bem-estar."

Perplexa, angustiada e totalmente desorientada, Marihéstia perdeu os sentidos e só não caiu da cadeira pela imediata reação do Gustavo. Como demorava a se recuperar plenamente, parecendo estar em estado de cataplexia, foi levada de imediato à emergência do Hospital Geral, onde permaneceu em tratamento por uma semana.

Por desencargo de consciência, Amâncio foi até o endereço da família que havia resgatado o Carlinhos e, como esperado, era falso.

Rodrigo e Marihéstia deixaram o hospital ao mesmo tempo, com diagnósticos de curados, trocando poucas palavras e sem expressarem quaisquer sinais de satisfação pelo reencontro. Sentiam-se culpados e se condenavam por não terem sido capazes de interromper os eventos que levaram à tragédia que viviam. As palavras da carta deixada pela família que resgatou e sequestrou o Carlinhos martelavam impiedosamente suas almas e corações.

A Delegacia de Desaparecidos da Polícia do Estado envidou todos os esforços para encontrar o Carlinhos, fazendo batidas de surpresa nas propriedades de todos os ciganos de Curitiba e das cidades vizinhas, bem como estabelecendo barreiras nas estradas, principais e secundárias, nos aeroportos e portos do Estado. Entretanto, depois de cerca de quinze dias, em operação continuada de um grande efetivo de policiais, sem qualquer indício de onde os fugitivos poderiam estar, desistiram da perseguição.

- A busca pelo Carlinhos prosseguirá como missão normal da Delegacia de Desaparecidos. É o protocolo! (Alegou o Secretário de Segurança ao ser arguido pelos repórteres.)

Capítulo 8. Novos Tempos

"Se os sentimentos tivessem cor e aroma, aquele automóvel refletiria um esplendoroso arco-íris e exalaria a fragrância dos deuses."

No percurso até Rebouças, Darius, por precaução, deu preferência às estradas secundárias para minimizar o risco de serem surpreendidos por uma batida policial. Deu certo; não avistaram um policial sequer, nem mesmo nas pequenas cidades ou vilarejos onde pararam para reabastecer e lanchar. Com isso, a viagem demorou cerca de dez horas, mais do que o dobro do previsto. Contudo, Alina e seu filho pareceram nem se importar com isso. Os dois, ocupando o banco traseiro juntamente com o Pitequinho, passaram o tempo todo conversando sobre assuntos intermináveis, rindo, cantando canções ciganas e brincando com o cachorrinho. Darius, sempre que relaxava um pouco seu sentido de segurança, participava com entusiasmo das atividades.

Se os sentimentos tivessem cor e aroma, aquele automóvel refletiria um esplendoroso arco-íris e exalaria a fragrância dos deuses.

Assim que tomaram conhecimento da intenção de sua filha, Valdo e Alta tentaram de todas as formas possíveis convencê-la a não cometer tal ato. Mostraram-lhe os riscos de vir a ser condenada por crime grave e a possibilidade de os pais biológicos do menino aparecerem e ele próprio a desprezar por tê-lo enganado. Não obstante, Alina se mostrou resoluta e, a despeito de considerarem uma loucura, decidiram apoiar incondicionalmente sua única filha em sua busca pela felicidade.

Buscando mitigar ao máximo os riscos para sua filha e genro, Valdo e Alta decidiram afastar do circo todos os funcionários que haviam sido contratados antes do acidente de Londrina e que não eram ciganos. Explicaram os acontecimentos do destino e pediram sigilo e apoio na recepção e acolhimento de seu "novo" neto. Acostumados com situações semelhantes ao longo da história do povo cigano, muitos com exemplos em suas próprias famílias, entenderam o drama de Alina e Darius e juraram segredo e apoio incondicional.

O sol começava a se pôr no horizonte quando entraram no estacionamento privativo do circo Magicus, onde já os esperavam os pais de Alina (Valdo e Alta) e de Darius (Boris e Amapola), sendo recebidos com flores e presentes.

Em seguida, foram surpreendidos com uma grande festa de boas-vindas. A banda tocava marchas alegres e os personagens circenses (palhaços, acrobatas, mágicos, dançarinos e outros) se exibiam para o novo Belinho. Este, encantado e emocionado com tudo que estava acontecendo, abraçado ao Pitequinho, não parava de sorrir de encantamento e felicidade. Já tarde da noite, exausto de tanto participar das brincadeiras com as outras crianças da trupe, procurou Alina, sentou-se em seu colo, encostou a cabeça em seu peito e caiu no sono. Ela, com o coração explodindo de felicidade, sentiu-se verdadeiramente mãe novamente e o acalentou com músicas de ninar. Sem conter suas emoções, com os olhos úmidos e brilhando como diamantes negros, fez sinal ao seu marido para se aproximar.

- Amor da minha vida, nunca, seja nesta ou na outra vida, esquecerei o bem que me fez. (Cochichou em seus ouvidos e o beijou com paixão, igualmente correspondida.)

Nas primeiras semanas, Belinho se comportou de forma bastante estranha, acabrunhado e pensativo pelos cantos do circo. Isso chegou a preocupar Darius e Alina, supondo que ele poderia estar recobrando a memória. Entretanto, tal suspeita foi rapidamente suplantada a partir do momento em que retornou à normalidade, adaptando-se rapidamente ao ambiente circense.

Sem se desgrudar um minuto sequer do Pitequinho, passava horas observando e, como que conversando, com todos os animais, selvagens e domésticos. Acompanhava o médico veterinário em suas visitas periódicas e, para sua surpresa, o auxiliava nos diagnósticos, transmitindo-lhe as eventuais queixas dos seus pacientes irracionais. Também, sempre que possível, assistia aos ensaios dos palhaços, rindo sem parar de suas gaiatices. Para alívio geral, não demonstrava qualquer interesse pelas atividades de trapezistas ou de acrobatas.

Diariamente, por pelo menos duas horas, estudava com seus pais e avós, cada um ministrando uma matéria diferente (português, espanhol, matemática e história), demonstrando enorme facilidade de aprendizado. Atencioso e carinhoso, na companhia de seus avós, pedia para que contassem causos de circo e histórias do povo cigano e os ouvia atentamente.

Com seus pais, não perdia oportunidade de lhes contar uma novidade, de lhes presentear com uma flor, fruta ou desenho e lhes abraçar e beijar. Alina e Darius sentiam que o novo Belinho suplantava em tudo o antigo e lhes trazia mais felicidade que antes. Agradeciam, em silêncio, a dádiva recebida de Santa Sara, mas não ousavam comentar um com outro.

Com o tempo, foi se entrosando cada vez mais nas atividades do circo. De certa feita, vendo a agitação dos dois leões na jaula de exibição, aproximou-se e, depois de algum tempo, avisou o domador que os animais estavam famintos. Uma rápida averiguação comprovou que o tratador sofrera um acidente e estava hospitalizado, não tendo alimentado os leões até a saciedade nos momentos que precediam a exibição. O domador o abraçou forte e em voz alta agradeceu por ter salvado a sua vida.

De tanto assistir aos ensaios dos palhaços, foi convidado a participar de um ensaio, com seu cachorro, tendo se saído tão bem que foi logo incluído no elenco de uma das cenas. Ao ser consultado pelo chefe da trupe, Darius, sempre preocupado em preservar a real identidade do Belinho, negou, alegando que isso poderia prejudicar os seus estudos. Entretanto, após insistentes apelos do filho, da esposa e dos avós que, orgulhosos, o aplaudiam nos ensaios, acabou por concordar, desde que ele atuasse completamente caracterizado e por pouco tempo de exposição no picadeiro.

O desempenho da dupla, Piteco e Pitequinho, foi tão bom nas suas primeiras apresentações que acabou por conquistar um lugar permanente no grupo, aumentando gradativamente seu tempo de atuação nos episódios cômicos. Um dia, já se sentindo à vontade no meio dos artistas, sugeriu ao líder dos palhaços um novo quadro.

A cena era de uma sala de aula, em que um dos palhaços, usando enormes óculos sem lentes, senta-se na última carteira e é admoestado pelo professor. Este lhe retira os óculos e ordena que ocupe um lugar na primeira fileira. Ao se dirigir ao local indicado, finge-se de cego e vai tropeçando em todos os seus colegas. O quadro estreou, tendo-o como protagonista, e foi um sucesso.

Gradativamente, a trupe de palhaços passou a ocupar cada vez mais tempo de picadeiro durante os espetáculos e seus componentes a receberem bônus extras. Seus pais e avós, constatando que ele permanecia carinhoso como sempre e aplicado nos estudos, além do imenso amor que lhe dedicavam, sentiam crescente orgulho dele e o viam como herdeiro natural dos circos.

De certa feita, quando em uma temporada na cidade de Bagé, no Rio Grande do Sul, durante sua participação em um quadro cômico, ao ouvir latidos abafados, Piteco subitamente interrompeu uma cena e se dirigiu à plateia.

- Peço à dona do Xereta que afrouxe a sua coleira. Ele está sendo sufocado. Obrigado.

Todas as atenções se dirigiram a uma jovem de cerca de quinze anos que se levantou assustada, retirou um pequeno poodle de uma bolsa, soltou sua coleira e o abraçou e beijou, chorando. O público, mesmo sem saber se se tratava ou não de um truque, aplaudiu de pé.

Alina e Darius já sabiam do dom do seu filho e imaginavam que seria uma consequência inesperada do sério dano que havia sofrido no cérebro. Assim, quando foram consultados sobre a possibilidade de Belinho comandar uma sessão de interação com proprietários de animais de estimação, não se opuseram, desde que ele sempre estivesse caracterizado como Piteco.

Três anos se passaram, de plena felicidade da família e de estrondoso sucesso comercial e artístico do circo Magicus.

Por outro lado, no mesmo período, em Tenea, a rotina e os sentimentos de Marihéstia e Rodrigo eram completamente diversos dos que haviam conquistado no passado. As duras palavras da carta deixada pelos sequestradores não saíam das suas mentes e martelavam sem parar seus corações e almas. Não tinham como evitar o pecado da culpa e se penitenciavam por isso.

Dormiam na mesma cama, mas pareciam se punirem pela privação de qualquer ato que fosse de felicidade.

Eram mais amigos ou sócios do que um casal de namorados. Suas relações amorosas, antes frequentes, longas, voluptuosas e, sobretudo, apaixonadas, agora, nas raras vezes em que aconteciam, eram breves e sem emoções, apenas carnais.

Depois de uma noite quase sempre mal dormida e cheia de intensos pesadelos, saíam da cama logo ao nascer do dia e cada um se dedicava à sua própria rotina. Poucas vezes conversavam e, quando o faziam, o assunto era sempre sobre os filhos Gustavo e Marcelo e sobre qualquer notícia do paradeiro de Carlinhos. Essas notícias agitavam suas almas e corações, mas, lamentavelmente, nenhuma delas se mostrou verdadeira.

Decorridos mais de mil dias, contados um a um, desde que seu filho caçula foi levado para longe de seus olhos, abraços e beijos, Marihéstia deu início, logo cedo, à sua rotina diária. Levantou-se da cama sem precisar fazê-lo em silêncio, pois seu marido também já estava acordado e se preparando para trabalhar no sítio. Após a troca de bons dias e perguntas protocolares, se haviam dormido bem e se precisavam de alguma coisa, iniciaram suas tarefas.

Ela foi até a sala de jantar, olhou pela janela para o escritório e se certificou de que estava tudo bem. Sem sequer notar as marcas no chão do seu antigo piano e da valiosa cristaleira, ou dedicar um segundo que fosse para lamentar suas perdas, dirigiu-se ao quarto de seus pais falecidos e, de joelhos e chorando, rezou por eles, pedindo que a ajudassem a recuperar seu filho amado.

Ao passar pela porta do quarto dos filhos, entristeceu-se intensamente ao ver a cama de Carlinhos arrumada e desocupada. A falta dos sinais de sua presença, sem quaisquer objetos espalhados pelo chão, acirrou suas saudades e também seus sentimentos de culpa. Não resistiu a tanta emoção e teve que se segurar para não cair.

Passou a mão pelo ventre e lembrou-se da gravidez interrompida quando passou mal e foi internada no Hospital Geral de Ponta Grossa.

- Por quê, meu Deus, por quê?

Olhando para as outras duas camas do quarto, sentiu uma lufada de felicidade e de orgulho pelos seus filhos mais velhos. Gustavo, agora médico, fazia residência em cardiologia no Hospital Geral de Curitiba, e Marcelo, prestes a se formar engenheiro, já fora contratado para trabalhar na Petrobras, na cidade do Rio de Janeiro.

- Seria tão bom se a alegria por um pudesse compensar ou, pelo menos, amenizar a tristeza pelo outro. (Disse para si mesma, sabendo a resposta.)

Sem dedicar um segundo à natural vaidade de mulher, mostrando-se desleixada e sem qualquer cuidado com sua aparência física e vestimentas, como gostava de fazer no passado, foi direto à cozinha e abriu a porta dos fundos.

Amiguinho, de cabeça baixa e rabo entre as pernas, entrou na casa e seguiu lentamente para a cama de

Carlinhos. Não demorou para retornar da mesma forma como fora, choramingando baixinho e se deitando debaixo da mesa de jantar. Seus olhos espelhavam tristeza e sua pelagem não tinha brilho; só comia e bebia água quando Marihéstia lhe dava na boca. Sua vida estava minguando.

Após o café da manhã, quando conversaram apenas protocolarmente sobre suas tarefas do dia, ela se aprontou rapidamente, sem qualquer concessão à vaidade, e foi para o escritório de contabilidade. Pretendia mergulhar no trabalho e tentar não pensar nas suas desgraças, o que nunca acontecia.

Rodrigo, por sua vez, antes de viajar para o sítio, dirigindo o mesmo velho carro de outrora, já bem desgastado pelo tempo, e, lá, se dedicava com afinco aos afazeres do campo, tentando esquecer, por pouco tempo que fosse, seu sentimento de culpa, foi visitar sua mãe. Andreanna estava muito debilitada, diagnosticada com cardiopatia grave e sem vontade de viver e se tratar, desde que soube do rapto do seu neto preferido.

Passavam das duas horas da tarde e, como sua patroa ainda não a havia chamado para substituí-la no escritório, durante o horário de almoço, Arlinda já se preparava para ir ao seu encontro quando o telefone tocou: era Gustavo. Marihéstia disse que estava sem fome e que faria um lanche mais tarde, mas se rendeu à insistência da empregada quando ela mencionou a ligação do filho.

- Bom dia, filho. Que saudades! Tudo bem, por aí? (Deu início à conversa, imaginando ser mais uma tentativa dele de animá-la com alguma boa notícia. Ledo engano.)

- Você e o papai estão bem? Desculpe se por acaso o que vou dizer vier a lhe causar mais uma decepção, mas...

- Querido, fale logo! Não me deixe mais nervosa do que estou. Aconteceu alguma coisa com você? Com o Marcelo? (Ela interrompeu seu filho, em tom de inquietação.)

- Lembra de quando me contou que Carlinhos dizia falar com os animais e que o papai achou que ele realmente conversava com o Sereno e o Amiguinho?

- Sim, lembro. E daí?

- Pode não ser nada e só lhe causar mais decepção, mas um amigo que acabou de chegar de Ribeirão Preto, no interior do Estado de São Paulo, disse que um menino, palhaço de circo, realiza sessões de interação com animais de estimação dos assistentes. O espetáculo é um grande sucesso de público.

- Sim, sim... Como o menino é ou se parece?

- Meu amigo não soube dizer, ele sempre se apresenta vestido e maquiado de palhaço. Disse também que um cachorro participa do show com ele e que eles conversam ou fingem conversar entre si.

- Só pode ser ele. Vou me aprontar e seguir para lá agora mesmo.

- Não faça isso, mãe. É muito longe e o circo de nome Magicus vai permanecer na cidade por mais duas semanas, pelo menos. Acho melhor e mais seguro irmos todos juntos: você, o papai, eu, o Marcelo e o Amiguinho. O Marcelo está em recesso acadêmico e eu vou pedir uma dispensa. Estaremos aí amanhã à tarde. Por favor, não saia antes de chegarmos. (Enfatizou, em tom de súplica.)

- Está bem, está bem... Vou mandar alguém atrás do Rodrigo e vamos esperar por vocês amanhã à noite, para sairmos bem cedo no dia seguinte. Muito obrigado, filho querido. Que Deus nos abençoe e finalmente nos livre deste inferno que vivemos. Até amanhã. (Encerrou a conversa com o coração palpitando forte e rápido, quase perdendo o fôlego.)

Capítulo 8. O Reencontro

"Não, não... Santa Sara, não deixe isso acontecer." (O som do seu grito silencioso de pavor ecoou por todos os seus poros, fazendo-a tremer dos pés à cabeça.)"

Na madrugada do dia seguinte à chegada de Gustavo e Marcelo a Tenea, um sábado, a família deu início à viagem a Ribeirão Preto, bem antes do sol começar a aparecer no horizonte. Era intenção comum chegarem ao destino no máximo em dois dias. A expectativa de reencontrarem Carlinhos contagiava a todos com um sentimento comum de quase euforia. O cenário comprovava a veracidade do adágio "a felicidade está no caminho...".

Marihéstia acomodou-se no banco da frente, bem perto de seu marido, e descansou a mão na sua perna, ao que ele reagiu segurando-a com a pressão exata do carinho e da saudade. A todo instante, trocavam disfarçadamente olhares lânguidos e se tocavam como podiam.

Gustavo e Marcelo se concentravam na navegação, comparando o tempo previsto com o efetivamente realizado em cada etapa. Além disso, faziam o controle de combustível e verificação da calibragem dos pneus, do nível do óleo do motor, da água do radiador, etc. A cada parada, pediam informações sobre a rota aos viajantes que encontravam e, eventualmente, faziam ajustes no planejamento.

Amiguinho, percebendo por instinto uma ansiedade positiva no espírito da família, passou a abanar o rabo sempre que alguém lhe fazia um carinho ou lhe dava de comer e beber, coisa que não fazia desde o desaparecimento de seu amigo e companheiro de aventuras.

O desgastado Chevrolet van 3.100 portou-se bravamente, não apresentando qualquer sinal de mau funcionamento durante toda a viagem. Como se sentiam cansados e não conheciam a rota da etapa final, por precaução, os quatro concordaram em passar a noite em Bauru, já no estado de São Paulo.

Ocuparam dois quartos de um hotel de baixo custo, mas asseado e com lençóis limpos: um para o casal e o outro para os dois jovens e o Amiguinho. Rodrigo teve que dar uma boa gorjeta ao atendente e prometer pagar por qualquer dano causado pelo animal.

Após o banho e deitados na cama, cada um em um dos extremos da cama de casal, conquanto exaustos, não conseguiam pegar no sono e permaneciam imóveis deitados de barriga para cima olhando fixo para o teto. Essa situação durou até que seus pés se tocaram. Foi o rastilho da bomba de paixão que explodiu em seus corações. Amaram-se intensa e repetidamente, sem constrangimentos ou limites de qualquer natureza, renovando suas juras de amor eterno. Só foram dormir, agarradinhos, a altas horas da madrugada.

No café da manhã, o intenso brilho dos olhos de seus pais e seus semblantes descontraídos, que há anos não viam, surpreendeu seus filhos que se entreolharam e trocaram sorrisos maliciosos. Amiguinho não ficou atrás e correu para fazer-lhes festas, pulando em seus colos. O otimismo estava no ar.

Chegaram a Ribeirão Preto, no domingo, por volta do meio-dia, hospedaram-se no hotel indicado pelo amigo de Gustavo, fizeram um lanche rápido e se dirigiram ao Magicus, para tentar assistir à sessão vespertina, a de interação com os animais domésticos. Ocuparam os últimos lugares em uma enorme fila e, quando conseguiram chegar ao guichê, só havia um ingresso disponível. Coube a Marihéstia entrar no circo com o Amiguinho.

O espetáculo começou logo a seguir, com a entrada no palco da banda tocando marchinhas alegres e alguns palhaços fazendo malabarismos. No momento em que o mestre de cerimônia fez a apresentação do palhaço Piteco como o único ser humano capaz de conversar com cães e gatos em todo o mundo, a plateia explodiu em aplausos e gritos de alegria.

- Boa tarde, querido, público! Sejam muito bem-vindos ao incrível Circo Magicus. Eu sou o Piteco e este é o meu auxiliar, Pitequinho. (Gritou a estrela do espetáculo, sendo novamente aplaudido com entusiasmo.)

Ao reconhecer a voz reproduzida nos alto-falantes, Amiguinho desvencilhou-se das mãos de Marihéstia e correu para o picadeiro, latindo e pulando de contentamento sobre o Piteco. Este o abraçou, colocou no colo, acariciou sua cabeça e fez o anúncio:

- Este lindo e alegre cachorrinho chama-se Amiguinho e está em busca de seu dono de nome Carlinhos, de quem sente muita saudade. Se estiver presente, por favor, venha até aqui buscá-lo.

Marihéstia, que corria atrás do Amiguinho, sentiu um frio angustiante na espinha dorsal, vindo-lhe à memória as letras da fatídica carta da sequestradora: "Como ele não se lembra de nada de seu passado, sejam seus pais, irmãos ou amigos, também não sentirá falta." Detendo-se a poucos centímetros do filho amado, sem saber se devia ou não se deixar levar pelos sentimentos de mãe, ela hesitou.

- A senhora é a dona do Amiguinho? (Interrogou o palhaço, usando o microfone.)

- Não! Você é o dono dele. Não se lembra, Carlinhos? (Respondeu, derramando todas as suas lágrimas.)

- Desculpe, não entendi. (Piteco falou, após desligar o microfone.)

- Eu sou sua mãe, Marihéstia, e preciso muito lhe abraçar e beijar. (Ela se aproximou mais ainda e o abraçou e beijou com paixão, manchando seu rosto com a maquiagem dele.)

Vendo que o Piteco não sabia como reagir, o mestre de cerimônia ordenou a dois de seus ajudantes que conduzissem a mulher e o cachorro aos bastidores.

- Respeitável público, desculpem pelo transtorno. O espetáculo continua. (Anunciou Piteco, após recompor-se da surpresa.)

Acostumados com situações como essa, os funcionários, julgando ser mais uma pessoa desequilibrada querendo um momento de fama junto ao astro do circo, trataram-na do modo usual.

- A senhora tem algum parente na cidade? (Perguntou-lhe um dos ajudantes.)

- Sim, meu marido e meus filhos estão do lado de fora, não conseguiram ingressos para entrar.

- Quer que eu a leve até eles?

- Não saio daqui, nem morta. (Enfatizou Marihéstia, com olhar fulminante e tamanha determinação, desconcertando os presentes que preferiram não insistir.)

- Sendo assim, irei buscá-los. Como se chamam? (De posse dos nomes, o funcionário foi à procura do marido e dos filhos, na esperança de que pudessem acalmá-la e retirá-la pacificamente do circo.)

Alina, que não perdia um espetáculo de seu filho, ocupando um lugar reservado no meio da plateia, espantou-se com a cena e, por um milésimo de segundo, seu pensamento voou para o fatídico momento em que viu seu filho despencando do trapézio. Há tanto tempo que não pensava nisso que sentiu na alma o alerta de perigo da repetição da sua fatídica perda.

- Não, não... Santa Sara, não deixe isso acontecer. (O som do seu grito silencioso de pavor ecoou por todos os seus poros, fazendo-a tremer dos pés à cabeça.)

Ao chegar ao bastidor do circo e ver no semblante daquela desconhecida um misto de esperança e desolação, alegria e tristeza, perda e reencontro e outros sentimentos contraditórios, todos ao mesmo tempo, Alina teve certeza em seu coração e disse para si mesma: meu Deus, é a mãe do Belinho. Refez-se como pôde e decidiu assumir uma postura agressiva.

- Seguranças, retirem essa mulher daqui imediatamente. Esta é uma área privativa de artistas e funcionários, e ela pode acabar se machucando.

- Só saio daqui com meu filho. (Retrucou Marihéstia com tal firmeza e determinação que fez Alina temer pelo pior.)

Um homem, com uniforme, cacetete e boné pretos, já se aproximava para conduzir à força a intrusa para fora do circo, quando se deteve ao perceber a atitude agressiva do Amiguinho. Ameaçou chutar o vira-lata, desistindo à chegada de Rodrigo e dos filhos. Marihéstia correu para os braços do marido, chorando e gritando:

- É ele, eu sei que é o nosso filhinho. É o Carlinhos, tenho certeza.

Dois policiais fardados, que faziam a vigilância externa do circo, atenderam ao chamado de um dos funcionários e se juntaram ao turbilhão de discussões, em cujo grupo se incorporaram Darius e seus sogros. Todos falavam sem parar e ao mesmo tempo, até que ouviram os aplausos finais do espetáculo e fizeram uma pausa, aguardando a chegada do pivô das disputas.

À passagem ao largo do grupo, estando Marihéstia e sua família impedidos de se aproximar dele pelos policiais e por vários seguranças, Piteco deteve-se brevemente, com pena do sofrimento da mulher que o havia assediado no palco e continuava chamando por ele.

- Sinto muito pela senhora, mas não me chamo Carlinhos e não sou seu filho. (Dito isso, de forma fria e sem qualquer emoção, caminhou normalmente até sair de vista.)

Foi como se um balde de água fria atingisse a família de Tenea. Decepcionados, sem saber o que dizer, vagarosamente, deixaram o circo de cabeças baixas e em silêncio.

- Meus amores, tentamos, mas ele definitivamente não se lembra de nenhum de nós; nem mesmo do Amiguinho. O único consolo é que ele parece feliz com sua nova família. Se ele prefere assim, não podemos fazer nada. Vamos para casa e continuar rezando para que ele seja feliz em sua escolha. (Lamentou Marihéstia, aos prantos, segurando-se no marido para não desfalecer.)

- Mãe, pai, não é culpa do Carlinhos. Ele não lembra da gente. A carta dizia que foi operado do cérebro e perdeu a memória do passado. Conversei com o neurocirurgião-chefe do Hospital São Francisco e ele assegurou que a amnésia pode não durar para sempre. (Gustavo tentou animar os demais.)

- Pode ser verdade, mas, se ele não lembra de nada, como podemos convencê-lo de que é sangue do nosso sangue e de que seu lugar é e sempre foi na nossa família? (Retrucou Rodrigo, com visível desânimo.)

- Vamos fazê-lo se lembrar ou pelo menos saber quem ele foi no passado e que nós o amamos e o queremos junto da gente. Se ele, assim mesmo, não quiser voltar para nós, então, seja o que Deus quiser; fizemos tudo que poderíamos fazer. (Argumentou Marcelo.)

- Seria bom se pudéssemos fazer isso, mas como? (Disse Marihéstia em voz baixa, quase inaudível.)

- Vamos entrar na justiça. (Gustavo e Marcelo responderam ao mesmo tempo, em voz alta.)

Sem saber a quem recorrer, Rodrigo questionou os policiais e dois motoristas de táxi sobre quem seria um bom advogado e que não cobrasse muito caro. Cada um fez várias indicações, porém, em todas, havia um nome coincidente: um jovem advogado de nome Antônio de Campos.

Ao chegarem ao endereço do advogado, a primeira impressão foi uma vontade irresistível de sair dali. Vestido com um terno amarrotado, em seu pequeno e modesto escritório de advocacia, repleto de livros e papéis por todos os lados, o sentimento de todos é de que estavam no lugar errado. Entretanto, ao serem recebidos pelo advogado com extrema cortesia, retirando rapidamente as coisas das cadeiras para que todos pudessem se sentar, ficaram sem graça de deixar o local de imediato.

Ao tomar conhecimento do drama da família, o Dr. Campos, como se intitulava, fez uma minuciosa e fundamentada apreciação do mérito de uma ação judicial, de suas possibilidades de sucesso e dos riscos decorrentes de uma eventual decisão em contrário da justiça. Enquanto falava, as dúvidas sobre a sua competência foram se dissipando.

Questionado sobre se aceitaria assumir a causa e quanto cobraria, o advogado respondeu de imediato que sim, desde que acordassem em não lhe omitir qualquer fato, faltar com a verdade ou deixar de fazer exatamente o que ele orientasse.

Ao perceber que todos fizeram gestos com a cabeça de concordância, prosseguiu.

- Preciso também que aceitem a minha proposta de dois processos judiciais: um na área criminal e o outro na cível. De imediato e de prioridade máxima, vamos protocolar a ação criminal e de recuperação da guarda do seu filho; a seguir, assim que a vencermos, entraremos com um pedido de indenização financeira pelos danos morais que sofreram. Concordam?

- Sim, concordamos; mas quanto vai nos custar? (Questionou Rodrigo.\\\0

- No processo na vara criminal, vocês só precisarão me ressarcir das despesas com custas judiciais e outras que forem necessárias. No da vara cível, além dos direitos de sucumbência, ficarei com quarenta por cento da quantia que receberem de indenização.

Ao perceber um olhar de interrogação do casal, explicou que não pretendia fazer um ato de caridade, mas um acordo de risco. Se conseguir vencer a primeira ação judicial, acreditava que seria vencedor também na de caráter indenizatório, quando seria regiamente recompensado. Ainda, que a natureza do processo como um todo era do tipo que ele vinha almejando desde sempre; com potencial de mobilizar a opinião pública e projetar seu nome em âmbito nacional.

Estando todos de acordo, foram assinadas a procuração jurídica e o contrato de honorários, no qual constava uma autorização para a publicização dos fatos, a critério do causídico.

- Senhora e senhores, a nossa jornada começa agora mesmo. Vamos todos a uma estação de rádio de um amigo, onde serão entrevistados e poderão começar a contar para o mundo todo o drama que têm vivido nos últimos anos.

Na longa e intensa entrevista repleta de pura emoção, cada um teve a oportunidade de contar em detalhes o doloroso drama vivido pela família e denunciar o crime cometido pela herdeira do Circo Magicus.

A notícia de que o afamado palhaço Piteco, o menino que falava com os animais, teria sido sequestrado pela família proprietária do Magicus, explodiu como uma bomba atômica na cidade. Todos os jornais e rádios, além de repetirem o conteúdo, disputaram entrevistas com os membros da família Oliveira Rossi e buscavam ouvir a outra parte.

Lamentando o abandono da Santa Sara e preocupados com o impacto que a notícia, vindo de terceiros, poderia ter no Belinho e não tendo como blindá-lo do acesso aos meios de comunicação, Alina e Darius decidiram abrir seus corações para ele. Com lágrimas nos olhos e expressões de profunda aflição, balbuciando sem parar, terminaram de narrar a sua versão da história e se calaram, aguardando de cabeças baixas a terrível punição de revolta, rejeição e abandono de seu único e amado filho. Surpreenderam-se.

- Mãe e pai, não se preocupem. Eu já sabia há bastante tempo que não era o Abel. (A seguir, os abraçou e beijou com ternura.)

- Como? (Gaguejou Alina.)

- Os animais me contaram, um ou dois dias depois que chegamos ao circo. Fiquei algum tempo sem saber o que fazer, mas como não me lembrava, e continuo sem lembrar, de minha vida anterior e me sentia amado por vocês e pelo vovô e vovó, decidi também adotá-los como meus pais. Amo vocês demais e nunca vou abandoná-los.

- Santa Sara misericordiosa, muito obrigado por mais esta graça. (Alina abraçou seu filho e ambos choraram de pura felicidade.)

Capítulo 10. O Julgamento

"Batalha de um Davi contra vários Golias."

Por cerca de três meses, a batalha transcorreu no âmbito dos meios de comunicação; cada lado tentando conquistar a opinião pública para sua causa.

O Dr. Campos comandava o espetáculo em favor da família Oliveira Rossi, escrevendo artigos e dando e orientando entrevistas dos seus clientes para jornais, revistas e rádios de todos os cantos do país, e até do exterior. Sabia que não havia previsão legal ou jurisprudência para disputas de mesma natureza, o que, em situações análogas, o juiz normalmente convocava o Tribunal do Júri.

A família Nicolichi Ron, por sua vez, contratou o mais famoso escritório de advocacia da cidade de São Paulo, liderado pelo Prof. Dr. José Botelho Janos, PhD pela Universidade de Sorbonne da França e professor titular da cadeira de Direito Criminal da prestigiada Faculdade de Direito do Largo São Francisco. Este, conhecido no meio jurídico como Dr. Botelho, dada a repercussão do processo e por ter ascendência cigana, prontificou-se a atender pessoalmente o pedido de seus velhos amigos, Valdo e Alta. Devia muitos favores ao casal, inclusive a ajuda financeira para custear o curso de doutorado na França.

Deslocou-se provisoriamente para Ribeirão Preto, acompanhado de dois outros advogados especialistas, respectivamente, em direito criminal e de família, um jornalista, um investigador particular e duas secretárias. Os demais membros de seu escritório permaneceram em São Paulo, compondo um grupo de apoio remoto.

Em resposta à intensa campanha publicitária do Dr. Campos, seu primeiro ato foi a convocação de uma entrevista coletiva, no salão de festas do principal hotel da cidade, onde os jornalistas convidados foram recebidos com canapés e coquetéis à vontade.

Na presença de representantes dos principais meios de comunicação do país, o Dr. Botelho fez uma fundamentada apresentação dos direitos dos seus clientes, rebatendo um por um os argumentos da parte contrária e, em aproveitamento do êxito, em tom de sarcasmo, depreciou o seu oponente, classificando-o como "um dos meus bons alunos".

Ao término da sua aplaudida exposição e da sessão de perguntas e respostas, seguindo um roteiro digno dos mais premiados dramaturgos, surpreendeu a todos chamando ao palco o menino disputado pelas duas famílias. Carlinhos ou Abel ou Piteco, segurando as mãos de Aline e Darius, foi ao microfone e fez sua curta e emocionada declaração.

- Estas são as únicas pessoas que reconheço como meu pai e minha mãe e que amo verdadeiramente. (Em lágrimas, os três trocaram abraços e beijos e rapidamente deixaram o local, sem responder às questões dos repórteres.)

Ao constatarem a desproporcionalidade numérica e qualitativa das equipes de defesa das famílias, a imprensa apelidou a disputa jurídica de "Batalha de um Davi contra vários Golias", o que, ao contrário do que muitos imaginavam, agradou bastante ao Dr. Campos.

- Quanto mais menosprezarem a minha capacidade de vencer e mais confiantes estiverem na vitória, melhor para meus propósitos. (Disse para si mesmo, tentando manter o otimismo e o equilíbrio emocional frente ao enorme desafio de vencer seu mais brilhante professor.)

Assim que o processo foi ativado e definida a data de início do julgamento, o Dr. Campos entrou com uma petição para que Carlinho fosse acolhido provisoriamente por uma família designada pelo Tribunal, de forma a afastá-lo da influência da parte contrária. A medida foi acolhida, apesar dos protestos do Dr. Botelho, que, em contrapartida e como represália, confiante na decisão de Belinho em permanecer com Darius e Alina, requereu que ele, conquanto menor de idade, fosse autorizado a acompanhar no plenário todo o julgamento e a depor, caso convocado. Surpreendentemente, não houve qualquer objeção do representante legal da família Oliveira Rossi, e a medida foi aprovada.

Como previsto, o Meritíssimo Juiz Dr. Mário Fernandes, com mais de vinte anos de profissão e atuação em diversas causas controversas, convocou os nove jurados que tiveram aprovação mútua das partes, sendo quatro mulheres, e deu início ao julgamento.

Ao proferir suas palavras de abertura dos trabalhos, como de praxe, instruiu os jurados, definiu as regras de comportamento em seu tribunal, cumprimentou rapidamente a banca de acusação, o Dr. Campos e a Dra. Ângela Britto, uma jovem promotora. Após, dedicou-se a elogiar e a agradecer a honrosa presença no seu tribunal do "mestre dos mestres do direito", o Professor Doutor José Botelho Janos.

A predileção do magistrado pelo advogado líder da defesa da família Nicolichi Ron ficou ainda mais evidente durante o andamento das sessões, ao coibir sistematicamente as intervenções atemporais e as eventuais liberalidades do Dr. Campos e, ao mesmo tempo, permitir tais liberdades ao seu oponente.

O juiz anunciou a presença do Belinho ou Carlinhos e o posicionou atrás de um biombo, de onde, sem ser visto, ele podia avistar as duas bancas dos oponentes, o corpo de jurados e assistir a todos os depoimentos.

Dada a palavra à promotora pública, esta endossou os termos de acusação criminal contra os réus, Darius e Alina. A seguir, considerando que os denunciantes contrataram um escritório de advocacia para defender seus direitos, requereu ao magistrado o direito de se manifestar quando oportuno ou apenas no momento das conclusões finais. Com a aquiescência do juiz, a Dra. Ângela Britto retornou à banca de acusação e lá permaneceu em silêncio, fazendo anotações para si própria e sem manter comunicação com Dr. Campos.

O Dr. Botelho, o primeiro a se manifestar, decidiu não contestar a identidade da criança em disputa e concentrar seus argumentos para provar a atuação descuidada, irresponsável e, sobretudo, criminosa de Rodrigo e Marihéstia, que resultaram no terrível acidente em que, por puro milagre, a criança não perdeu a vida.

Depois de quase uma hora de uma brilhante exposição, recheada de citações em grego e latim, passagens do Evangelho, com destaque para as decisões do Rei Salomão, finalizou enfaticamente.

- Se não fosse a vontade de Deus de colocar no local e na hora certa os dois bondosos corações, Alina e Darius, que socorreram e salvaram a vida do maltrapilho e maltratado menino, hoje estaríamos julgando o Sr. Rodrigo e a Sra. Marihéstia pelo crime de homicídio culposo. É mais do que evidente a negligência no cumprimento de seus deveres de proteção do menor incapaz. Mãe e pai são quem cria, educa e protege os filhos, não necessariamente quem os gera, um ato puramente carnal. (Concluiu, olhando fixamente nos olhos de cada jurado, como que suplicando por justiça.)

Vários dos assistentes, em especial advogados e acadêmicos de Direito, não se contiveram e aplaudiram de pé a brilhante exposição do mestre, sem que o juiz, balançando a cabeça e escondendo um sorriso de admiração, sequer os repreendesse.

O Dr. Campos, por sua vez, destacou a santidade da maternidade e que nada, nem mesmo um acidente ou o acaso do destino, poderia tirar o direito da mulher que, por nove meses, abrigou seu filho em seu ventre, de continuar a acalentá-lo e amá-lo como ninguém mais poderia fazer. Prometeu provar que nem Marihéstia, nem Rodrigo, pais amorosos, foram negligentes nos cuidados, no carinho, na educação e no amor infinito ao seu filho caçula, Carlos de Oliveira Rossi, o Carlinhos.

Estava no meio das citações bíblicas, jurídicas e biológicas sobre a maternidade e paternidade quando foi alertado pelo juiz que estava prestes a esgotar o tempo reservado para sua argumentação inicial, quinze minutos. Ao protestar pela igualdade de tratamento, foi censurado com ameaça de desacato e lhe concedido apenas mais três minutos para concluir seu discurso. Sem outra opção, aproximou-se o mais que pôde dos jurados e finalizou.

- Se não fosse pelo dom especial do Carlinhos de falar com os animais e pelo amor que tem por eles; se não fosse pelos acidentes de percurso que impediram que seu pai chegasse a tempo para evitar o acidente, o filho querido teria retornado para casa, são e salvo. Essas são causas imprevisíveis e muitas vezes inevitáveis, não havendo a quem culpar. Entretanto, não há como desculpar a ação criminosa dos réus, Alina e Darius. Estes, fingindo serem bons samaritanos, sequestraram a indefesa e ferida criança e, propositadamente, impediram que fosse localizada por sua família e até pela polícia. Cometeram atos abomináveis e devem ser punidos com o rigor da Lei. (Concluiu, em tom de voz crescente e dramático.)

Ao suspender a sessão do dia, o juiz convidou o menino para almoçar em seu gabinete. Estava curioso em saber se ele realmente podia falar com animais. Pela manhã, ele, sua secretária e um dos seus seguranças já haviam trazido para o Tribunal seus animais de estimação: o do juiz, um hamster branco e preto; o da secretária, um gato angorá dourado; e o do segurança, um bulldog de cor parecida com café com leite.

Assim que terminaram a farta refeição, o juiz pediu à secretária e ao segurança que viessem ao seu gabinete com os animais.

- Como você prefere ser tratado? Carlinhos, Belinho ou Piteco?

- O meu nome é Abel, mas pode me chamar de Belinho.

- Belinho, você poderia me dizer a quem pertence cada um dos três animais? (Desafiou o juiz).

- O hamster, de nome Constituição, é o seu; o Toddy, o bulldog, é do Sr. Antônio; e o gato, de nome Apolo, é da senhora — respondeu Belinho, após alguns minutos.

Impressionados, os três quiseram saber mais sobre os seus animais de estimação e o menino respondeu corretamente a todas as questões. Embora satisfeito com as respostas, o juiz fez outra pergunta.

- Do que o Constituição mais gosta de mim e o que detesta?

- Ele adora quando o coloca no colo e faz cosquinhas na cabeça e odeia quando deixa cair cinzas de charuto nele.

Mesmo todos concordando com as respostas, o juiz pediu ao segurança que chamasse o guarda fardado com seu cão policial, que fazia a segurança na entrada do Tribunal.

- Carlinhos, qual o nome do cachorro e do policial? (Questionou o juiz.).

- O nome do cachorro é Zeus e, de acordo com ele, o policial se chama Cabo Alberto.

O magistrado abriu a sessão do dia seguinte, afiançando que o tema da capacidade do menino de falar com animais já havia sido superado e não haveria necessidade de ser discutido no âmbito do processo.

O julgamento prosseguiu por vários dias, com os advogados se debatendo intensamente, apresentando evidências e interrogando testemunhas e peritos em diversas áreas.

Antes de apresentar suas testemunhas, o Dr. Botelho pediu permissão ao magistrado para deixar a convocação dos réus para o final dos depoimentos, no caso de ainda ser necessário. Em face dos veementes protestos da Dra. Ângela Britto e do Dr. Campos, o causídico da defesa fez mais uma brilhante exposição justificando a medida com uma série de disposições legais e precedentes no Brasil e no exterior. Ao término dos aplausos entusiasmados de boa parte da plateia, o juiz, com um indisfarçável semblante de satisfação, aprovou a demanda.

As primeiras testemunhas apresentadas pelo Dr. Botelho foram o médico e a enfermeira que atenderam a criança no Posto de Saúde de Santo Antônio, além de um dos cirurgiões e duas enfermeiras do Hospital São Francisco, que atestaram os extremos cuidados e carinho do casal Alina e Darius com o paciente.

Usando suas próprias palavras, de modo geral, todos declararam que "pela angústia e reações apaixonadas que demonstraram, sem quaisquer preocupações com os custos do tratamento, nunca tiveram dúvidas de que eram os pais do menino". O impacto favorável junto aos jurados foi percebido pelos dois advogados.

Foi apresentado o laudo original do cirurgião-chefe do hospital, que afirmava não ser provável que o paciente pudesse recobrar a memória do tempo passado. Além disso, foram apresentados dois novos laudos de renomados neurologistas confirmando o original.

- Naquele dia, o Belinho, definitivamente, sem qualquer lembrança do passado, nasceu de novo. Nada do que aconteceu com ele antes da cirurgia faz parte da sua vida. (Afirmou o Dr. Botelho, de forma dramática, em voz pausada e olhando fixamente nos olhos de cada um dos jurados.).

As demais testemunhas a favor da família Nicolichi Ron eram todos ciganos, empregados do Circo Magicus, que declararam enfaticamente o bom caráter e o extremo carinho e cuidado com que tratavam o Belinho.

Dorú, o último a depor, afirmou ter feito, a pedido de Darius, uma ampla pesquisa nos órgãos governamentais, tentando descobrir se havia registro de alguma criança desaparecida. Completou dizendo que o casal, Alina e Darius, não queria que a criança fosse levada para um abrigo de menores e acabasse sendo adotada por desconhecidos. Palavras que foram pausadamente repetidas pelo causídico em voz alta, dirigidas aos jurados.

O Dr. Campos preferiu não rebater os depoimentos sobre o estado clínico do Carlinhos e concentrou seus esforços nos ciganos. Pediu a cada um para relembrar o acidente do Belinho original, questionando se achavam que Darius e Alina haviam sido inconsequentes, descuidados, desleixados e irresponsáveis nos seus deveres paternos. De forma unânime e enfática, as respostas foram "não". O advogado repetiu em voz alta para os jurados que as testemunhas concordavam que o casal, Alina e Darius, não foram responsáveis pelo acidente que causou a morte de seu filho biológico, mesmo estando todos no mesmo local.

- Por favor, não se esqueçam disso quando forem avaliar o comportamento dos pais do Carlinhos, em situação análoga. (Reiterou com voz dramática, alternando o olhar entre os jurados e o biombo onde o menino estava.)

O depoimento de Dorú não pôde ser totalmente contestado, mas suas dificuldades em responder com precisão às questões sobre quais órgãos contatou, quando e quais meios usou para contatá-los reduziram sua credibilidade junto aos jurados. O Dr. Campos aproveitou para alfinetar seu antigo professor enquanto retornava para sua bancada: "não é com mentiras que se vai vencer esta causa".

A primeira testemunha a favor da família Oliveira Rossi foi Rodrigo, que contou, em voz pausada e cronologicamente, conforme orientado pelo advogado, todos os fatos que precederam e se seguiram à fuga de Carlinhos. Enquanto falava sobre seu drama, em tom emocionado e com os olhos lacrimejando tanto que não parava de enxugá-los, o silêncio no tribunal era abismal. Ao culminar sua narrativa com sua internação no Hospital Geral de Ponta Grossa, com suspeita de gripe espanhola, seu retorno frustrado para casa e o clima de culpa mútua e afastamento do casal, Rodrigo caiu em choro convulsivo.

O Dr. Campos pediu desculpas por tê-lo feito recordar momentos tão tristes de sua vida e, olhando para o biombo, prosseguiu com o questionamento.

- Sr. Rodrigo, o que sentiu ao reencontrar seu filho perdido?

- Uma felicidade imensa por saber que ele estava vivo e bem de saúde; uma enorme decepção e tristeza por ele não ter nos reconhecido.

- E se o Tribunal decidir que Carlinhos deve permanecer com os sequestradores, quer dizer, com a família que o acolheu, qual seria a sua reação? (O advogado provocou o oponente, mencionando "sequestradores" de propósito.)

- Vou continuar amando-o com toda a força de meu coração e alma. Nunca, nunca mesmo, vou desistir de ser seu pai ou de trazê-lo de volta para nossa família. (Afirmou, em lágrimas.)

Como a parte contrária não quis reinquirir a testemunha, o Dr. Campos convocou para depor as seguintes pessoas, que comprovaram todos os fatos descritos por Rodrigo: Beto, Vicente, Paulinho, Tinho e o Diretor do Hospital Geral de Ponta Grossa. Ao final, como que casualmente, dirigiu-se aos jurados e ao biombo, alternando seus olhares.

- Haveria nos depoimentos algum indício de negligência do pai de Carlinhos? Poderia ele se sacrificar mais ainda na busca desesperada por seu filho?

Logo após a abertura dos trabalhos, no dia seguinte, Marihéstia, que desde o primeiro momento não deixou, por um instante sequer, de olhar para o biombo, tentando transmitir ao filho querido todo o seu amor materno, foi convidada a depor.

Seguindo o mesmo roteiro do seu marido, porém ainda mais emocionada, com voz entrecortada por soluços e olhos buscando por seu filho, ela também descreveu cronologicamente e em detalhes a tragédia que viveu e vive na busca pelo Carlinhos. Começou a narrativa do momento em que soube estar grávida do seu filho caçula, quando passou a amá-lo infinitamente.

Prosseguiu descrevendo sua maneira peculiar de ser: sua capacidade de falar com e cuidar dos animais, sua relação com o Amiguinho, filhote de vira-latas que salvou das ruas, seu desejo de proteger os mais fracos, da fantasia de Fantasma que Voa que costurou para ele, de seu carinho com os pais, avós, irmãos, amigos, professores...

Já decorria cerca de duas horas de depoimento e o Dr. Botelho não conseguia conter sua impaciência, batendo com o lápis na tampa da mesa, cujo som ressoava alto no ambiente de silêncio absoluto.

- Meritíssimo, peço sua intervenção no sentido de fazer com que essa senhora seja mais rápida em seu depoimento. (Reclamou, em tom de irritação.)

- Meritíssimo, o causídico da defesa está extrapolando nos seus direitos e invadindo o âmbito das responsabilidades de Vossa Excelência. Mais ainda, aparentemente pretende coagir a mais importante testemunha da defesa. (Denunciou a Dra. Ângela.)

O Dr. Mário Fernandes gentilmente pediu ao seu antigo professor que tivesse paciência, o qual respondeu com um aceno de mão e um sorriso sarcástico. O Dr. Campos retornou à inquirição da Marihéstia, repetindo seu nome e sua qualificação como verdadeira mãe do Carlinhos.

- Por favor, senhora, não se intimide e tome o tempo que precisar para responder às questões. Seu depoimento é de suma importância para que os jurados tomem uma decisão embasada em fatos e possam fazer justiça.

Marihéstia deu um gole no copo d'água oferecido pelo advogado e prosseguiu narrando, agora a partir da motivação para a sua fuga: "a missão de salvar a vida de um cavalo". Penitenciou-se por não ter percebido a tempo a intenção de seu filho: "se eu tivesse interpretado os sinais...". Neste instante, foi interrompida pelo seu advogado.

- Minha senhora, nenhuma mãe do mundo todo e de todos os tempos, sem o poder divino de ler mentes, teria condições de impedir os planos do Carlinhos. Por favor, não se culpe por isso.

Ela prosseguiu, abordando todos os esforços dispendidos por ela e por seus filhos na busca de respostas sobre onde e como estaria o Carlinhos. Descreveu todas as providências tomadas e as dificuldades encontradas e, ao final, concentrou-se nas informações obtidas do Hospital São Francisco e na carta deixada pela sequestradora.

- Não posso deixar de reconhecer a demonstração de humanidade e bondade dos sequestradores ao salvarem o meu Carlinhos; ser-lhes-ei eternamente grata por tudo que fizeram de bom para ele. Não obstante, não posso aceitar e reprovo veementemente o seu comportamento insidioso e criminoso, fazendo-se passar por pais do meu filho, mentindo descaradamente a ele e a todos, privando-o do convívio e do amor de sua verdadeira família. (Disse, soluçando sua tristeza e com os olhos procurando por seu filho.)

- Os sequestradores, Darius e Alina, são o exemplo vivo de que santos e demônios podem conviver nas mesmas almas. (Concluiu aos prantos, contagiando os presentes com a profunda amargura que sentia.)

O Dr. Botelho novamente recusou a oportunidade de reinquirir a testemunha e, com a intenção de atenuar o ambiente de consternação causado pelo depoimento da Marihéstia, solicitou a suspensão dos trabalhos do dia, no que foi prontamente atendido pelo magistrado.

No dia seguinte, surpreendeu a todos convocando para depor a sua última testemunha: o menino Abel Nicolichi Ron. De imediato, a Dra. Ângela Britto protestou novamente por não ter a oportunidade de questionar os réus e pelo fato de o jovem ainda não ter atingido a idade de quatorze anos, a mínima para depor em juízo, conforme legislação em vigor.

Depois de mais uma demonstração da cultura jurídica do Dr. Botelho, novamente aplaudida pelos presentes, o juiz concordou com a convocação do menor, alegando que o assunto já havia sido previamente apreciado e autorizado, sem contestação da acusação. O Dr.

Campos, que já esperava por isso, não se manifestou, surpreendendo a promotora.

- Belinho, poderia dizer quem você reconhece como seus verdadeiros pais? (Questionou o Dr. Botelho, apontando para as mesas onde se encontravam os dois casais, um de cada lado.)

- Só me lembro da minha mãe Alina e do meu pai Darius. (Respondeu o menino, de cabeça baixa, evitando olhar para os dois casais.)

- Você se sente feliz sendo filho deles?

- Sim, é claro que sim.

- No coração e na mente desta criança inocente, só existe um pai e uma mãe: Darius e Alina. Ele é muito feliz com eles e não há qualquer sentido em separá-lo de quem ama verdadeiramente. (Repetiu em voz alta e dramática, mirando firmemente nos olhos de cada jurado, encerrando seus questionamentos.)

O Dr. Campos caminhou vagarosamente até o púlpito das testemunhas, olhando alternadamente para o menino e para Marihéstia e Rodrigo.

- Carlos Oliveira Rossi, este é o nome que você recebeu dos seus pais, Rodrigo e Marihéstia, aquele casal naquela mesa. Por favor, olhe para eles e me diga o que vê neles? (O menino levantou um pouco a cabeça, olhou por um instante para o casal, mas nada respondeu.)

- Meu menino, depois de ter assistido a todos os depoimentos, você ainda acredita que não é o Carlinhos, filho querido deles e irmão do Gustavo e do Marcelo?

- Só sei que meu nome é Abel. (Murmurou.).

- Você acha que os animais são capazes de mentir ou inventar histórias falsas?

- Não, nunca. Eles são puros e não mentem.

- Ah! Quando o Amiguinho, o seu cachorro de estimação, lhe reconheceu e lhe chamou de Carlinhos, ele estava mentindo?

- Não, ele não mentiu. Só não consegui me lembrar dele. (Respondeu em tom de irritação.)

- Então você sabe que teve uma outra vida antes do acidente e que a sua família original é a que está sentada à sua frente, ansiosa para poder lhe abraçar e beijar? (Apontou para Rodrigo, Marihéstia, Gustavo e Marcelo.).

- Sim, eu sei. (Disse em voz baixa, chorando e cobrindo o rosto com as mãos.)

Após as considerações finais da acusação, pelo Dr. Campos e Dra. Ângela Britto, e da defesa, pelo Dr. Botelho, novamente aplaudido pela plateia, os jurados se retiraram para deliberar sobre o caso. Depois de dois dias de intensa deliberação, retornaram ao Tribunal e, a pedido do magistrado, proferiram sua decisão:

> *"Da acusação de crime de sequestro, nós, os jurados, consideramos, por unanimidade, os réus, Darius Ron e Alina Nicolichi Ron, culpados."*
>
> *"Da acusação de associação e colaboração para a realização de crime de sequestro, nós, os jurados, consideramos, por maioria de votos, os réus, Valdo e Alta Nicolichi, inocentes."*
>
> *"Sobre a guarda do menor, nós, os jurados, consideramos, por unanimidade, que deve ser atribuída aos seus pais biológicos, Rodrigo Rossi e Marihéstia Oliveira Rossi."*

No meio do burburinho que tomou conta dos espectadores, da celebração da família Oliveira Rossi e dos protestos do Dr. Botelho, ameaçando recorrer às instâncias superiores, e da tristeza e lamentações da outra parte, o Dr. Campos surpreendeu a todos ao pedir a palavra ao magistrado.

- Meritíssimo, sabemos que é inusitado e sem precedentes, mas a mãe do menino Carlos de Oliveira Rossi pede a Vossa Excelência que lhe permita dirigir-se ao Tribunal.

Não havendo manifestação em contrário da defesa, o juiz balançou a cabeça afirmativamente, e Marihéstia caminhou lentamente para o centro do recinto.

- Senhor Juiz, eu, meu marido, Rodrigo, e meus filhos, Gustavo e Marcelo, estamos imensamente felizes com o resultado do julgamento. Foi feita justiça, nos devolvendo o filho amado que a ação do destino e de criminosos tiraram do nosso convívio, nos causando tremenda dor e sofrimento. Só Deus pode avaliar o que passamos e não desejamos isso nem ao nosso pior inimigo. Não obstante, não podemos deixar de reconhecer que, sem a pronta intervenção dos réus, teríamos perdido o Carlinhos para sempre. Além disso, trataram e cuidaram dele com muito carinho e amor, dando-lhe o conforto de um lar. Sem se lembrar de nada de seu passado, pareceu-nos estar feliz no seio daquela família. Dessa forma, e para alívio de nossas consciências cristãs, pedimos, encarecidamente, a Vossa Meritíssima que conceda clemência aos réus. Muito obrigada. (Expressou-se de forma tranquila e incisiva.)

- Seu pedido será levado em consideração. (Determinou o juiz, suspendendo a sessão por duas horas.)

De súbito, Carlinhos saiu de trás do biombo e correu para abraçar Marihéstia, dizendo "obrigado, mãe", e, em seguida, foi se jogar nos braços de Alina e Darius, onde permaneceu até ser retirado pelo seu guardião.

Ao reiniciar a sessão, de forma solene, o magistrado citou todos os dispositivos legais do Código Penal nos quais os réus foram incursos pelos crimes cometidos e decretou a sentença.

- Os réus, Alina Nicolechi Ron e Darius Ron, são condenados a seis anos de reclusão em regime fechado, a ser cumprido a partir de agora. Entretanto, com fundamento no pedido de clemência da família vítima, suspendo o cumprimento das penas, permanecendo os réus em liberdade condicional pelo mesmo tempo.

A decisão foi efusivamente comemorada pelo Dr. Botelho, como se tivesse obtido mais uma vitória, dentre tantas de sua brilhante carreira. Dirigiu-se ao Dr. Campos e o cumprimentou pelo excelente desempenho, no que foi seguido por seus auxiliares. Os seus representados, entretanto, permaneceram inertes, em transe de tristeza infinita. Pareciam sentir novamente o drama da morte do Belinho.

Capítulo 11. Vitória de Pirro

"Desde que você nunca mais nos abandone, concordamos, não em dividir, mas sim em multiplicar os amores de mães e pais."

Na volta para casa, toda a família finalmente reunida, apertados no velho Chevrolet, o ambiente de alegria acabou sendo contido pela expressão constrita do Carlinhos, que pouco falava e passava o tempo todo com o Amiguinho no colo. Às tentativas de motivá-lo, com demonstrações de carinho e contando histórias engraçadas de seu passado, ele reagia com um leve aceno de cabeça e respondia com monossílabos. Assim transcorreram os dois dias de viagem.

Em Tenea, um mês se passou e nada conseguia motivar o menino por qualquer coisa. Nem todas as tentativas de agrado dos seus pais e irmãos, ou de sua avó, com seu amor e o delicioso macarrão, conseguiam fazer com que esboçasse um sorriso sequer. Nem o Sereno e o Amiguinho rememorando as aventuras do Fantasma que Anda, do Herói e do Capeto, nem seus melhores amigos comemorando o seu retorno, nada, absolutamente nada era capaz de fazer seus olhos brilharem como antigamente.

Desacorçoada, Marihéstia, sem saber o porquê, resolveu telefonar para o Dr. Campos e perguntar se tinha alguma notícia da "outra mãe". A resposta foi assustadora. Alina estava internada em um hospital em Araraquara, para onde o circo fora depois de Ribeirão Preto, em profunda depressão e muito debilitada, sem querer se alimentar. Seu primeiro pensamento foi "quem com ferro fere, com ferro será ferido", mas logo se penitenciou.

- Querida, parece que o Carlinhos nunca voltou para nós. Ele está aqui, mas sua cabeça permanece no circo, com aqueles bandidos. (Lamentou Rodrigo.)

- Drigo, sinto a mesma coisa. O nosso filho amado não se sente feliz conosco. A sua tristeza me contagia e faz sangrar o coração. Não foi para isso que lutamos tanto para trazê-lo de volta. (Concordou, aos prantos.).

- Foi uma "Vitória de Pirro". Vencemos a batalha judicial, mas não ganhamos nada com isso.

Depois de muito refletirem, Rodrigo e Marihéstia convocaram seus filhos e D. Andreanna para uma reunião de família. Após terem chegado a um consenso, convidaram Carlinhos a participar.

Com todos sentados ao redor da mesa, Marihéstia foi a primeira a se manifestar.

- Carlinhos, seja sincero e nos diga o que o aflige e lhe impede de se reintegrar na nossa família, onde você sempre foi feliz?

- Eu não consigo me lembrar do passado, mas sei que você é a minha mãe verdadeira, sei que faço parte desta família, sei que me amam. Também sinto amor no coração por vocês e pela vovó e não quero deixá-los, nem os magoar, mas me falta algo que não sei explicar.

- Abra seu coração, filho. (Pediu Rodrigo.)

- Pai e mãe, por que não posso ter dois pais e duas mães? (Implorou, com as lágrimas escorrendo soltas pelo rosto.)

- Sim, você pode. Vivemos uma situação inusitada e precisamos de uma resposta incomum. Desde que você nunca mais nos abandone, concordamos, não em dividir, mas sim em multiplicar os amores de mães, pais e avós. (Decretou Marihéstia, sem esconder sua emoção.)

Pela primeira vez, desde que retornou para o seio da família, Carlinhos, chorando e rindo ao mesmo tempo, abraçou e beijou seus pais, irmãos e avó.

- Obrigado, mãe, pai, vovó, Gustavo e Marcelo. Eu nunca os esquecerei ou deixarei de amá-los.

- Amanhã, seguimos para Araraquara, no Estado de São Paulo, onde o circo está. No caminho, vamos acertar as condições e regras de convivência, as quais começam com você levando consigo o Amiguinho. Ele não vai suportar a sua ausência novamente. (Disse Rodrigo, sem conter as lágrimas.)

Fim

Made in the USA
Middletown, DE
05 December 2025

22778573R00086